異世界
Cマート
繁盛記
Welcom To
[C] mart
in Another
World
新木伸
illustration
あるや
JN210901

『あんた稀人さんだろ。うちでゴハン食べていきなよ！』
異世界の街並みにクラクラしていた俺は――
見た目小学生の女の子に、そう声をかけられた。

『おなかがー。すきましたー』
朝のハミガキを終えて、
がらがら、ぺー、
とやった俺は――。
行き倒れの人と遭遇した。

「コーヒーどうぞー。
角砂糖もどうぞー」

いつもの昼下がり――。
いつものCマートの店内――。
常連たちへのコーヒーは、
いつだってサービスだ。

「なんと肉味！
すごい肉味がします！
おっふ、！」
「いや……。まあな……。
う、うまいか？」

「ちょうだい、ちょうだい！
甘いのちょうだい！」
「一人一個だぞー。……って、
なに並んでんだよ、オバちゃん」
クリスタル
1kg

目次
Contents

ダッシュエックス文庫

異世界Cマート繁盛記

新木 伸

第01話「賓人（まれびと）」

よし。辞めよう。

ゴールデンウィーク初日となる、その日。

空はどこまでも高く、青く、青く、そして……青かった。

ゆうに数分間も空を見上げていた俺の心の中で、そのとき、『なにか』が、音を立てて、ぷつりと切れた。

もう。辞めた。

そう思うと急に心が楽になった。この一か月間というもの、ストレスに重たくなっていた心が、急に自由になった。あの青い空のように、晴れ渡り、澄み渡った。

ようやく自分自身に戻れたような気になった。

ぐ〰〰〰っ……。

腹が鳴った。

生まれ変わった解放感に浸れていたのも束の間――。

とりあえず腹が減った。

というか。腹が減っていたことに、いま気がついた。それほど俺はストレスにまみれていたのだ。

そういえば近所のコンビニに出かける途中だった。所持金残高は二〇〇〇円。次に金が入る日までは、まだ数日ほどあったので、それまで菓子パンでしのごうとして、ロボットのような足取りでコンビニに向かっていたところだった。

二〇〇〇円か……。

俺は考えた。それだけあれば、うまい飯が食えるな。

もう自由なのだ。もう辞めたのだ。書類こそ提出してはいないが、辞めたことには変わりがない。そうなると当然、ここに住み続けるわけにはいかないだろうし。部屋を引き払わなくてはならなくなるだろう。故郷に帰って家業を継げといわれるかもしれない。

だがまあ、先のことはまあなんとかなるだろう。ならなかったら、そのときはそのときだ。

とりあえず飯を食ってから考えればいい。

あの「ぷつん」という音が聞こえたときから、俺はまったくの「自由人」となっていた。身軽で自由な存在だ。二〇〇〇円を小刻みにわけて菓子パンを買うよりも、その同じ二〇〇〇円でうまい飯を食おうと考えることは、自由人としては、当然の発想だ。

コンビニに向かういつもの道を歩くのをやめた。

わかりきった道を外れ、ふいっと――。

それこそ、ふいっと――。

なんの気もなしに、角を曲がった。

そのとき本当になにも考えていなかった。

通ったことのない道を進む。

この道の先にはラーメン屋の一軒くらいあるような気がする。べつに定食屋でもなんでもいい。飯が食えるなら喫茶店でもよかった。

この青い空のもとを歩いていけば、店の一軒くらい、どこかにはあるはずだ。

青い空のもと。軽い心で。なんの気なしに歩く。

そのうちに周囲の光景が変わってきたことに、俺は気がついた。

だいぶ緑が多い。

へー。ちょっと裏道を歩いただけで、こんなに緑が増えるんだ。まったく知らなかった。

俺は歩いて行った。

どんどん歩いた。どんどんどんどん、気にせずに歩いた。

そのうちに家の数も増えてくる。街の感じが、商店街の片隅という感じになってくる。

いつも行く街の風景とは違うが、それなりに賑わっているだろうという感じ。

しかし……？

——と。

俺はついに立ち止まった。周囲を見回す。

なんか変じゃなかろうか？

通りに並ぶ店や家々。建物がどれも、ファンタジー作品に出てくるような感じの作りなのだ。

見れば、店の看板に書かれている文字も、見たことのない文字で——。

どうやら本当に、ファンタジー世界に迷いこんでしまったらしい……。

俺がそう納得するまでに、たっぷり五分間か一〇分間か、あるいはもっと長い時間か――まあとにかく、だいぶ長くかかった。

「あんた。賓人さんだろ」

道の真ん中に立ち尽くした俺に、誰かが話しかけてきた。

振り返ると……。誰もいない。

「こっち。こっちだってば。どこ見てんだい」

視線を下に向けると、ちっこい女の子がいた。エプロンと三角巾をつけて、お玉を手にしている。すぐそこに食堂っぽい店があるから、そこの子だろうか。

歳は一〇歳をすこし越えたくらい。なのにお店の手伝いとは感心なお嬢ちゃんだ。えらい。

「あんた賓人さんだろ。なんか困っているのかい？」

少女とはもちろん初対面。だが彼女は旧知の相手でもあるかのように、にこにこと満面の笑みで話しかけてくる。

俺はかがみこんで、少女と目線を合わせた。

「どうしたのかな、お嬢ちゃん？」

お嬢ちゃんに、そう話しかける。

「誰がお嬢ちゃんだい‼」

彼女は手にしたお玉で、ぱこーんと俺の頭を打ち抜いた。

あまり痛くなかったが――！

いま、ものすご～くいい音が鳴ったぁ――!?

「あたしゃこれでも三十代だよ！　ハーフエルフだから成長遅くて悪かったね！」

「は……、はーふえるふ？」

ハーフエルフって、あれか？　ファンタジーでよく聞く、人間とエルフの混血の？

ああそういえば、ここって、ファンタジー世界なのだっけ。ならハーフエルフぐらいいても不思議はないわけか。

「もういっぺんお嬢ちゃんとか呼んでごらん！　また頭蓋骨を鳴らしてやるからねっ！」

それは勘弁だ。痛くはなかったが、自分が楽器になった気がするのは勘弁だ。

「えーと……、じゃあ……、お姉さん？」

「もうそんなトシでもないね！　オバちゃんとお呼び！」

少女――もとい、オバちゃんは、胸を張ってそう言った。

いいんだ。まあ本人が言ってるんだからいいのか。

「返事はっ!?」

「は、はい。……オバちゃん」

どう見ても小学校高学年あたりに見える、自称オバちゃんは、俺がそう言うと、ニカっといい笑いを浮かべた。

うーん……。

しかし本当に、どう見ても、ローティーンの美少女なのだが……。

「あんた。迷いこんできたくちだろ?」

「え? ……わかるんですか?」

「そりゃわかるさ。ぽかーんとして、きょろきょろしてたから、ピンときたさね。あと。服。その服かねえ……? ここいらじゃ、あまり見かけない服だね?」

言われて俺は、通りを行きかう人たちの服を見た。自分の服を見た。

ああ。たしかに違った。皆の着ているものも、いちおう洋服の形ではあるものの、シャツもズボンもスカートも、なんだか古めかしくて……いわゆるファンタジーの服というか。

「俺みたいなのは……、多いんですか?」

相手は自称三十代なので、いちおう敬語を使って聞く。

「まあ。たまにはね」

さすがファンタジー世界。異世界から迷いこんだ人間は珍しくないらしい。

「そうだ。ごはん食べていきなさいよ! うちは食堂なんだよ。あんた。お腹空いてる顔もしているね。食堂のオバちゃん歴三〇年の、このあたしの目はごまかせないよっ!」

「いや、その……」

俺はポケットの中で手を握りこんだ。二〇〇〇円あるのだが。これでちょうどメシを食おうと思っていたのだが。たしかに腹は空いているのだが……。

異世界で日本円が使えるとは、俺だって、さすがに思わない。

「いえ、俺……。金ないですし」

「ばっかだねー！」

ばっしーん、と、背中を叩かれた。

「若いもんがそんな心配してんじゃないよー！　いいよいいよ！　出世払いでいいからさー！　食べていきなよー！」

オバちゃんに、ばっしばっしと、背中を叩かれる。ちっちゃい手のひらなのに、手首のスナップが利いていて、これがけっこう痛いのだ。

有無を言わさず、俺は食堂の中に連行されてしまった。

「はい。どうぞ」

目の前に出された異世界の料理を見て、俺は首を傾げた。

スープ？　シチュー？　雑炊？　粥？

どれともつかない感じの料理だ。見たことのない料理だ。さすが異世界。

「うん？　口に合わないかい？」

オバちゃんは聞いてくる。

口に合わないもなにも、まだ食べてない。判断のしようもない。食ってみないとわからないわけで……。

く、食うぞー！　食うぞー！　食うぞー！　食うぞー！

ほ、本当に食うんだぞーっ！

スプーンらしきものですくって、口へと運んだ。

ぱくっ。

「どうかねえ？」

オバちゃんはテーブルの向こうで頬杖（ほおづえ）をついて、俺のことを見ている。

もぐもぐ。ごっくん。

ぱくり。もぐもぐ。……ごっくん。

うーん。

俺は首を傾げた。

「やっぱり合わなかったかい？　ああ――いいよいいよ、無理に食わなくていいからさぁ。あんたの世界の料理って、どんなんだい？　言えば、なるべく作ってあげるからさ？」

「いえ……」

美味（うま）いとかマズいとか、そういうのではなくて……。

なんと言ったらいいのか。これは……。

味がない？

「オバちゃん。塩ないかな？」

俺はテーブルの上を探した。どの食堂にも必ず置いてありそうな調味料を探す。だがなんにも置かれていない。

本当のことを言えば、欲しいのは醤油（しょうゆ）だ。だがファンタジー系の異世界に醤油はないだろう。だから塩と言ったのだが……？

「オバちゃん？」

「あんたなに言ってんだい？　塩？　塩……って、あの塩のことかい？」

「あの塩もなにも。塩っていったら。あの塩のことだろ？　えーと……？　まさかこの世界、塩もないとか？」

「いや……、ないこともないんだけど……」

オバちゃんはハッキリとしない物言いをする。

俺にはわけがわからない。

「そ、そんな高級品……、うちみたいな食堂に置いてあるわけないじゃないかっ！」

オバちゃんは、ふるふると顎（あご）を左右に震わせた。そうすると年相応に見えて、大変、可愛（かわい）らしい。

「え？　高級品？」

「あんたいったいどこのお坊ちゃんだよ？」

「え？　お坊ちゃん？」

「塩かけて食うなんて、王族とか貴族とか、さもなきゃ大商人だとか、そんな連中だけだよ」

「え？　金持ち？」

「だからあんたはいったいどこのお坊ちゃんなんだい？」

「いやいやいやいやいや——！」

俺はぶるぶると首を振った。

「俺。ぜんぜんそんなんじゃないって！　ああ——だいじょうぶだいじょうぶ！　食えるから！　オバちゃんの飯！　うまいから！　俺！　食うから！」

俺は慌てて手を振りたくって。そう言った。

頭にはいくつかの疑問符が浮かんでいたが、オバちゃんを安心させるために、味のあんまりしないその料理を、ばくばくと勢いよく食べた。

塩味が足りないことを除けば、けっこう、うまかった。

「そ。よかった」

オバちゃんはいい顔で笑うと、店の奥に引っこんでいってしまった。

◇

「またお腹が空いたら、おいでよー。でもなにか仕事は見つけなよー。賓人さんだと、色々と苦労もあるだろうけどさー」

食事も済み、オバちゃんに送り出される。

その「賓人」っていうのが、よくわからないのだが……。まあオバちゃんも食堂の仕事で忙しそうだし。異世界から迷いこむ人間はそう珍しくないそうだし。

自分だけ特別扱いしてもらうわけにもいかないし。

俺はオバちゃんに片手を振ると、背中を向けて歩きはじめた。

しかし、オバちゃん……。どう見ても……。

小学校の高学年だよなー。

言動はまるっきりオバちゃんなんだけど。〝飴ちゃん〟を押しつけてこないのが不思議なくらいのオバちゃん度だ。

さて。腹も満ちた。

俺は街をぶらぶらと歩きはじめた。

自分がいま異世界にいると認識しているのに、なぜ、これほどまでに気にならないのか。その点が自分でも不思議だった。

きっと心が自由になったせいだろう。あと腹がいっぱいになったせいでもあるのだろう。

しかし……。

本当にタダで食事をさせてもらった。異世界ってスゲー。

異世界の通りは活気があった。

道行く人たちは忙しそうだ。

道を行きかう人々は、色々な人種がいた。さすがファンタジー世界。人間ばかりではなくて、どう見ても亜人と思われる人も普通に歩いている。エルフ耳の綺麗なおねーさんも歩いているほどだ。

たぶん商人だろうと思われる人が、四本脚の見たこともない獣に、荷を満載して引いている。

道の両側には露店が並びはじめた。

何気なく歩いていたら、街の中央部に来てしまったようだ。あちこちに交易品が並んでいる。

馴染みのある品物がないかと思って、眺めて回ったが……。あまり見当たらない。馴染みのある品物というのは、つまり、自分のいた世界の品物という意味だが……。

すべてがこの世界に元からいた人なのか、それとも自分のように迷いこんできた人——なんてったっけ？　賓人……？

そうなのかどうか、まったくわからない。

「ま。いっか」

俺は気にするのをやめた。

あるがままを受け入れることにする。

そろそろこの辺で、元の世界に戻れない心配をしなければならないはずなのだ。
本当なら。俺は。
だが不思議と心配しない。
なにしろ、見上げれば――空は青いのだ。
「ま。なんとかなるさ」
俺はすべてから自由だった。
俺は通りから外れて、ふいっと――。
それこそ、ふいっと――。
なんの気もなしに、角を曲がった。
そのとき本当になにも考えていなかった。
――と。
路地の光景が、見慣れたものに変わっていた。
俺は慌てて振り返った。
いま来た道を戻る。
通りに走り出す。
歩道があり、自動車が行き交っている。
そこに広がるのは、現代日本の、どこにでもある、ありきたりな光景だった。

人と亜人(デミヒューマン)の行き交う市場ではない。獣に荷を積んで引いている商人もいない。エルフのきれーなお姉さんもいない。

俺は帰ってきてしまったのだった。

「……なんてこった」

俺は「現実」に帰還した。戻ってきてしまった。

さっきまでいた世界は——。

あれは夢だったのだろうか?

いいや。そんなはずはない。その証拠に、腹がふくれている。

俺はポケットの中をまさぐった。二〇〇〇円は——きちんと残っていた。

金が残っているということは、タダで食事をしたことは間違いないのだ。

第02話　「恩返し」

俺があの世界に戻る方法を探しまくったことは、言うまでもない。

なぜ言うまでもないのかといえば——。

ひとつ。なんかあの世界が気に入った。

ひとつ。ぶっちゃけ現世に未練はない。

そして最後にひとつ。オバちゃんに食事の恩を返していない。

あちらの世界に迷いこんだときの路地と、戻ってきたときの路地とを、何度も行き来して——。

ただ歩き回るだけでは戻れないと納得するまで、何時間もかかった。

へとへとに疲れて、座りこんで——。

なにか飲み物でも飲もうと自販機に向かって、ポケットから二〇〇〇円を取り出したところで、俺は気がついた。

自販機に飲みこませるかわりに、千円札を握りしめて、スーパーに飛びこんだ。

塩。塩。塩。塩はどこだ。

あちらの世界では、塩は希少なものだと聞いた。

だがこちらの世界では？

塩なんか、スーパーに行けば、いくらでも——。

あった！

棚にずらりと塩の袋が並んでいる！

値段は一キロにつき——九八円！

俺はすかさず、カートを持ってきた。金が足りるだけカートにのせた。具体的には二〇袋ほどだ。

店員は変な顔をしていたが、気にせずレジを通した。

ずしりと重い袋を両手に提げて、スーパーを出る。

表に出たら、自分がへとへとに疲れていたことを思いだした。

思いつきにエキサイトしていたので、すっかり忘れていた。

ひょっとして馬鹿なことをしてしまっただろうか？　——と、後悔が走った。

両手に一〇キロずつの袋を提げて、道を歩く。

思いつきというのは、こちらの世界で塩を買いこんで、あちらの世界に戻ったなら、オバちゃんに恩返しができるのではなかろうかということだ。

問題は、その「あちらの世界に戻る」という方法についてだが——。

すでに何時間も試していた。

そして考えてみた。

だが考えてもわからないので、考えるのをやめた。

最初に迷いこんだときにはどうしていたのか、それを思いだしてみる。

たしかあのときには、なにも考えず――。

青い空のもと。軽い心で。なんの気なしに歩いていた。

そして――。

それこそ、ふいっと――。

なんの気もなしに、角を曲がった。

本当になにも考えずに――。

――と⁉

「やった！　来れた！」

俺は歓声をあげていた。

見慣れた街並みではない。緑の多い田舎道（いなかみち）だ。

土の地面だ。舗装（ほそう）されていない。

最初に迷いこんだときには気づかなかったが、もとの世界では、地面がアスファルトで覆（おお）われていないはずがないのだ。

俺は後ろを向くことはしなかった。前を見て走った。

「オバちゃん！　オバちゃん！」

街に行き、食堂を見つけて、飛びこんだ。

そろそろ夕方になるからだろうか。店内にはすこし客がいて――。

　だが俺は戻ってこれた感激のあまり、大声をあげながら、オバちゃんのところにまっしぐらに向かった。

「これ！　これ！　これ受け取ってくれ！　さっきのメシのお礼だから！」

「えっ？　えっ――ちょっ⁉　なにさこれ？」

　袋に「精製塩」と書いてあるが――そうか、オバちゃんには読めないのか。言葉は通じるのに文字はだめなのか。

「塩だよ！　塩！」

「はあ？　馬鹿お言いでないよ。あんたの持ってる量、そんだけの塩があったら、城が建っちまうよ」

「建つわけないだろ。――いいから受け取ってくれって！　さっきの飯のお礼だから！　俺の気持ちだから！」

「本当に塩なのかい？」

　オバちゃんは疑わしそうな顔をする。

「舐めてみてくれよ」

　俺は袋の一つを取り出すと、ビニールの端をすこしちぎって、ひとつまみほどの塩で、テーブルの上に小さな山を作った。

　オバちゃんは指で触って、その指を舐めて――。

「しょっぱい！　本当に塩だよ！　驚いたよ！　それぜんぶ本当に塩なのかい⁉」

「もちろんだ」

いまのは一キロの袋だ。おなじ袋があと一九袋ある。全部で二〇キロだ。

「よしてくれよ！　本当だったら、そんなの受け取れないよ！　一回の食事のお礼で――塩ぉ⁉　しかもそんなたくさん⁉」

「いいから！　いいから！　俺の気持ちだから！」

「だからあんたいったいどこのお坊ちゃんなんだい！」

俺はおばちゃんに押しつけようとしたが、オバちゃんは受け取ってくれない。食堂のど真ん中で、押し問答となった。

だが俺は引くつもりはなかった。

この塩は二〇〇〇円で買ったものだ。一回の食事の対価としては相応で――いや、たしかにちょっと多いか。飯一回なら、一〇〇〇円？　八〇〇円？

「じゃあ――半分！」

「半分だって多いよ！　城が半分建っちまうよ！」

オバちゃんの言うことはよくわからない。

塩がここでは貴重品なのは知ってるが、いくらなんでも「城」はないだろう。「城」は。あと「城半分」ってなんだ。オバちゃんちょっとお茶目。

数分ほど押し問答を続けた。

結局、オバちゃんは、一袋だけ受け取ることで同意してくれた。

ようやくだ。しぶしぶだ。それも俺の気迫に根負けしたという感じだ。俺だって、一袋も渡さずに引き下がるつもりは毛頭なかった。

「ほんと。もらいすぎなんだよ？　もらいすぎなんだよ？　わかってる、わかってる、そこ？」

「わかってる。わかってる」

店の前まで送りにきたオバちゃんに、俺はヒラヒラと手を振った。じつはぜんぜんわかってない。

「あんたいつでも飯食いにきなよ？　いつでも腹一杯食わせてあげるからね？　お坊ちゃんのお口には合わないかもしんないけど」

なんでか俺は「お坊ちゃん」ということにされている。よっぽどオバちゃんは俺を「お坊ちゃん」にしたいらしい。

オバちゃんに見送られて、俺は食堂をあとにした。

最後にもう一度振り返って、三角巾をかぶってる少女をよく見てみれば――オバちゃんは、やっぱり小学校高学年ぐらいで――。

見た目だけなら、オバちゃんに見えなくて――。

まだ一九袋も残っている塩が、手にずしりと重かった。

オバちゃんに塩を贈ってお礼をしたので、俺はすることがなくなってしまった。

道のど真ん中に突っ立って、青い空を見上げる。

心はとても軽かった。

さて。これからなにをしよう?

「まあ……、とりあえず。この塩をどうにかするか……」

ちょっと歩いて行った先に、露店があって交易品の並ぶ「市場」みたいなところがあったことを、俺は思いだした。

「行ってみるかな……」

俺は市場に向かって、歩きはじめた。

OMAKE 1

オバちゃん

通称「オバちゃん」。本名不明。食堂を切り盛りする働き者。
店主が最初に親切にしてもらった異世界人。
見た目は小学校高学年。でも中身はしっかりオバちゃん仕様。
見た目と中身のギャップは、
エルフと人間のハーフなので成長が遅いせい。

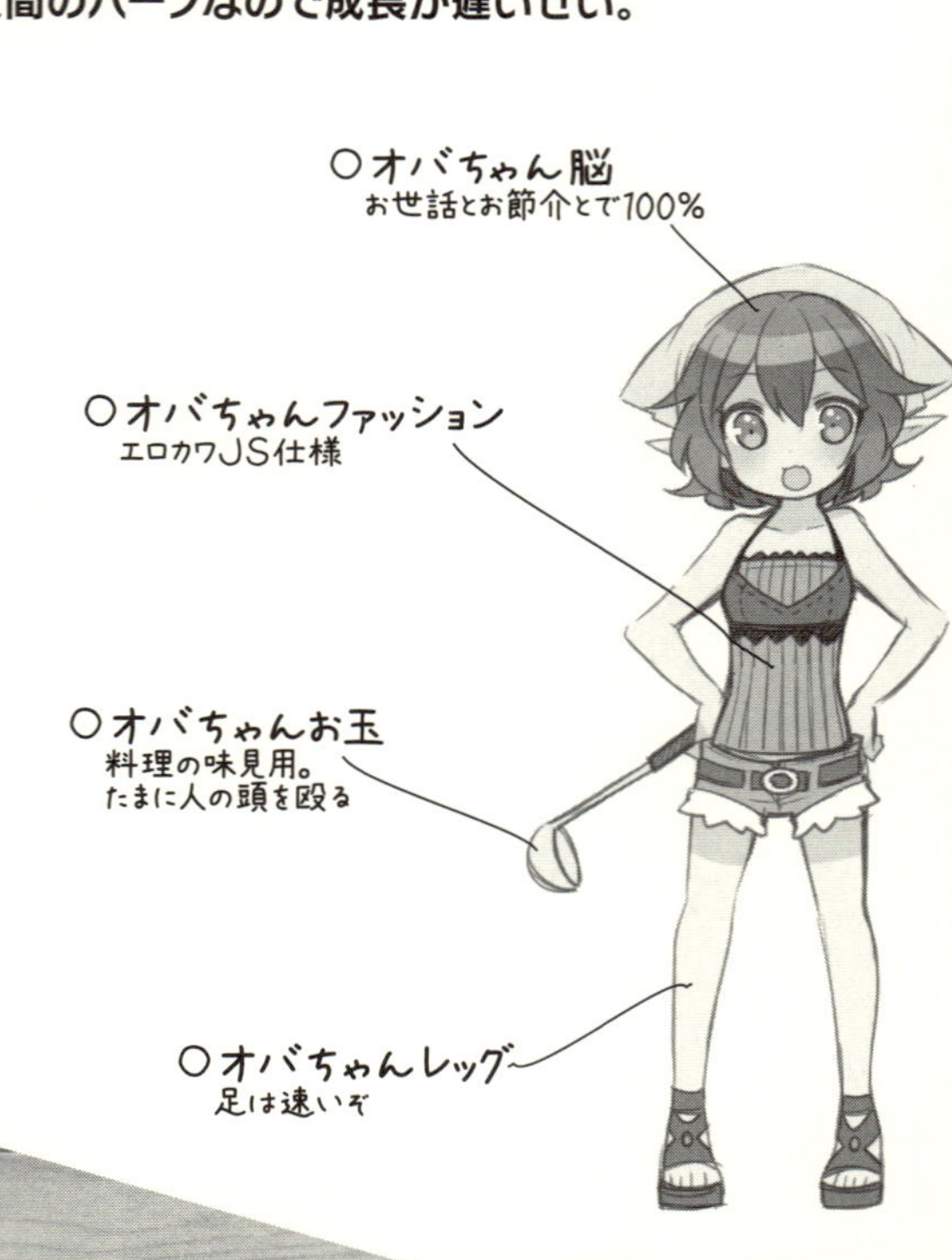

第03話　「はじめての商売」

市場はひどく賑わっていた。

あちこちに露店が立ち並んでいる。

自分が売る物は塩の袋が一九ほど。そんなに広い場所は必要でない。

商人さんたちの邪魔にならないように、端っこのほうに、場所を取ってみた。

地べたに座りこむのもあれだったので――。

そこらに捨ててあった、ござだかむしろだか敷物だかを拾ってきて、そこに「商品」を並べる。ビニール袋に入った白い粉が一九袋だけだが。

うん。なんとくお店っぽい。

そして待つ。待つ。待つ。待つ。

ずーっと延々待っていたら、そのうちに、道行く人の一人がやってきて、並べてある袋を指差して、こう聞いた。

「これはなんですかな?」

「塩です」

「は」

男は軽く笑うと、行ってしまった。

どうやら信じてもらえなかったらしい。そういえば食堂のオバちゃんも、はじめは信じてくれなかった。

オバちゃんのときには、味見をして、そこでようやく信じてくれた。

次の人が来たら、味見をしてもらおうと、俺は心に決めた。

そして待つ。待つ。待つ。待つ。待つ。

待つ。待つ。待つ。待つ。待つ。待つ。

だいぶ待つ。

お客さんは来てもいいし来なくてもよかったので、俺は特に気にしなかった。

さっきの二倍から三倍ぐらい待っていたら、次の一人がようやく興味を示してくれた。

「失礼ですが。ここに並べられている物は売り物ですか？」

「ええ」

「これはいったいなんでしょう？」

「塩ですよ」

「そんな。嘘でしょう」

ほれ来た。

俺は用意していた言葉を口にするだけだった。

「味見をしてみますか」

袋の端を破って、男の指先に、ちょっとつけてやる。

ぺろりと舐めた男は――。

まず、目をまんまるく見開いた。

それほど驚くのはなんでだろう？　まあ珍しいからなのだろうが……。理屈でわかっていても、やっぱり、よくわからない。

「……塩だ」

男がそう口にしたのは、ゆうに数十秒もしてからのことだった。

「い、いま手持ちは金貨が一枚しかないのですが……。こ、これで売ってもらえるでしょうか？」

「いいですよ」

「ほ、本当ですか！」

男はすごく喜んでいた。相手が喜んでくれると、俺も嬉しい。

「じゃあ――」

と言って、スーパーのレジ袋ごと、男に塩を全部渡そうとすると――。

「い！　いえいえっ！　そんな全部なんてまさか！　一袋！　一袋だけで結構です！」

この男性もオバちゃんと同じようなことを言う。

さっきのオバちゃんとの押し問答を思いだす。またあれを繰り返すことになるとわかっていたから、俺は速やかに、一袋だけ渡すことに同意した。

男性は何度も何度も頭を下げながら、塩の袋を大事そうに抱えて歩き去って行った。

全部売れたと思ったのだが――。ちょっと残念。

残るは一八袋。俺は座り続けた。

二時間ぐらい経ったろうか。袋はあと三つほど売れた。なかなかの首尾だった。

あいかわらず価値や通貨の感覚がよくわからないので、値段を聞かれたときには、金貨一枚と答えるようにしていた。

このままいけば完売はすぐだろう。そして手元にはすでに金貨が何枚かはある。全部売れれば金貨一九枚になるはずだ。

「金」というものにどれだけの価値があるのか、じつはよく知らない。たしか純度とやらも値段に関係しているはずだ。だが、どう考えても金貨数枚が二〇〇〇円を下回ることはないだろう。一グラムで数千円とかはするはず。そのくらいは知っている。

「あの。失礼ですが。貴方」

また別の男性が声をかけてきた。若いが、やり手そうなハンサムだ。大きなカバンを横がけにして、毛皮の帽子というスタイルが、見るからに商人っぽい。

「本物ですよ」

俺は経緯をはしょってそう言った。やってきたお客さんは、まず最初に決まってそれを言ってくるからだ。

「いえそれは存じています。じつは私。さっきからずっと見ていたのですが……。貴方。それだけの量の塩を、先ほどから、金貨一枚で売っていませんか?」

「ええ。その値段でやっていますが。……なにか?」

「勿体(もったい)ない! 大損ですよ!」

男は大声をあげた。

「そうなんですか?」

「塩というのは、このあたりでは取れませんから……。砂漠を越え、山脈を越え、遙(はる)か遠い異境の国から、何年もかけて運んでこないとならないんですよ」

「そうなんですか?」

「そう……って、ああ、まあ……、国の外のことは、皆さん、知らないでしょうね。私のように交易でもしている者なら別でしょうが」

商人さんは、断言口調で言った。

「とにかく。金貨一枚じゃ安すぎますよ。塩というものは、同じ重さの金と取引されると言われておりまして――」

「うそっ!」

俺は思わず叫んでしまった。

さすがにそこまでとは思わなかった! そういえばオバちゃんも、城が建つとかなんだとか――。

えーっ！　マジっ！

「──というのは、さすがに大袈裟ですが。よく言われる冗談ですが」

「なんだ」

俺はすこし安心した。てゆうか。この商人さん。お茶目。

「それにしても金貨一枚はないですよ。私だったら、その量の塩なら……そうですねえ」

商人氏は顎に手をあてて考えこむ。

「純度は？」

俺は袋を見た。

「えーと……。九九・九って書いてありますね」

「九九・九！」

男はびっくりしたような

「いや……。まあ……。そこも信じるべきなんでしょうね……。ま、まあ……純度はともかく、その量があれば、私なら、金貨一〇枚で売ってみせますね」

「なるほど」

俺は納得した。

「十分の一の値段で安売りしちゃってたんですね。俺は。……すいませんでした」

「いえいえ。なにを謝られますか」

「あれ？　文句を言いにきたのではなくて？　不当廉売がどーだとか？」

「私はただ単に、勿体ないなぁと思っただけでして。商人魂がうずくといいましょうか」

「なるほど」

俺は了解した。つまりこの商人さんは、いい人だったのだ。

――と。

俺はそこで、閃いた。

自分もこの商人さんもＷＩＮ－ＷＩＮになる方法が――きゅぴーん！　とばかりに、閃いた。

「じつはあまり売れなくて困ってるんです」

「そうでしょうね。まさか皆も塩がこんなところで売られているなんて思っていませんから」

「それで一つ提案なんですが。……この塩を買ってもらえませんか？」

「いえいえ！　さすがに私も、これをすべて買い上げるだけの金は手持ちになくて――」

「一袋につき金貨五枚でどうでしょうか。貴方はさっき、自分なら一〇枚で売ってのけると言ってましたから……。金貨五枚で仕入れて、それを貴方が一〇枚で売れば、あなたの儲けは五枚分になりますよね。俺も貴方も、お互いに、金貨五枚を手にすることになる」

「いや、それはそうですが、しかし……」

「見ての通り、俺は売るのが下手なんですよ。貴方にいったん卸したほうが、いい商売をしてくれそうだ」

「いや、それはもちろん、そうですが……。しかし……」

もう一押しすれば売れそうだ。俺はそう思った。

「金貨七五枚で塩一五袋。この機会をみすみす見逃したら、商人の沽券とやらに関わるんじゃないですか？」

「うーむ……。わかりました！　そうまで言われたら、私も商人です！　いまの全財産になりますが、買いましょう！　そして売ります！　儲けます！」

「よかった。商談成立ですね」

俺はほっとした。このいい人には、存分に得をしてもらいたい。

商人氏は懐から袋を取り出した。ずしりと重い袋を手渡された。

「砂金です。金貨七五枚分あります」

商人氏はそう言った。

「ああそうだ。塩。残りのぶんも味見してくださいよ。本物か確認しないと」

「信用しますよ」

商人氏は渋くウィンクをしながら、そう言った。

そして――。

「ああそうそう。袋の中味の砂金は確認しなくていいんですか？　単なる砂かもしれませんよ？」

俺はもちろん、こう返すだけだった。

「信用しますよ」

通称「商人さん」。本名不明。旅の行商人。

街から街へ旅をしては交易をする旅の商人。

育ちの良い感じのイケメン。店主に商売のイロハを教えてくれる。

親切な人で、暴利をむさぼったりは決してしない。

第04話「金貨と砂金を日本円にかえる」

三度もやれば、要領はわかっていた。

俺はそう苦労もなく、現代日本へと戻った。

〝戻った〟――というと、なにか違和感があった。どちらかというと、向こうの世界に行くときのほうが俺の中では〝戻る〟という感覚になりつつある。

向こうではまだ夕方だったのに、こちらではすっかり暗くなっていた。

ああ異世界なのだなぁ、と思った。

俺はポケットに手を入れた。金貨が四枚。それと革袋にぎっしり詰まった重たい砂金。

これは実物だった。幻ではなかった。

異世界は本当に存在したのだ。そして俺は行き来してきた。

とりあえず今夜は部屋に戻るか。眠る場所が必要だ。

明日は忙しくなりそうだった。

翌朝。
いつもと同じ時間に目が覚めた。
笑ってしまった。もう〝辞めた〟のに。目覚まし時計もセットしていなかったのに、目が覚めた時間は習慣的に同じだった。
枕元にあった目覚まし時計を、とりあえずゴミ箱に放りこんで――。

俺は金貨と砂金の袋を手に、部屋を出た。

向かった先は近所にあった大きな金券ショップだった。

看板にデカデカと「貴金属、金、銀、買い取り」と書いてあったのを覚えていたからだ。

しかし古銭は取り扱っていないだの。刻印がないと買い取れないだの。純度の証明が必要だの。

あげくの果てには、警察に通報されそうになったので、とっとと引き上げてきた。

何軒かその手の店を回って全滅で、最後に訪ねたのは、何十年も前からやっていそうな、いまにも潰れてしまいそうな、古い古い店だった。いわゆる「質屋」というやつだ。

年代物のブラウン管のテレビを前にしたじいさんは、目にルーペをはめて、金貨をじっくりと眺めた。

「この金貨はどこの古銭かは判らんね。地金で売るより、その手の専門店に持っていったほうが高く売れるかもしれんなぁ。砂金は買うよ。ただしグラム二〇〇〇だ」

「一グラム二〇〇〇円ってこと？」

「そ」

じいさんは素っ気なく言う。

「これって何グラムぐらい？」

「一キロはあるね」

「一キロって、つまり、一〇〇〇グラム？」

「そ」

じいさんはまた素っ気なく言う。

「えーと……」

俺は計算をした。二〇〇〇の千倍は……。えーと……。

「二〇〇万」

じいさんが素っ気なく言う。

「えええええ——っ!?」

俺は驚いた。びっくり仰天（ぎょうてん）した。

「文句があるなら、よそに持っていきな。うちはその値段でしか買わんぞ」

「いやいやいやいやいや！　文句じゃなくて！」

俺は首をぶんぶんと振りたくった。

「そんなにもらっていいのかと」

「これでもうちはかなりボッてるほうだ」

「そ、そうなんですか」

てゆうか。言うんだ。それ。言っちゃうんだ。

その一言のおかげで、俺はこのじいさんを信頼することにした。本当にぼったくるつもりの人間は、そんなことを言うはずがない。

「それで買ってください」

「おい」

じいさんは後ろに向かって声を投げた。

「はい」

家の奥のほうに、高校生ぐらいのお下げ髪の女の子がいた。その子が返事を返す。

「金。金庫から出してやれ。二〇〇万な」

「はい」

これまた年代物の金庫の扉が、重々しく開く。

とん、とん、と、一〇〇万ずつの束が、二つ置かれた。

うっわー。うっわー。うっわー。

「お金持ちですねー」

じいさんの孫娘だろうか。女子高生が、にこっと可愛(かわい)く笑いかけてくれた。

◇

二〇〇万を手にした俺が、まずやったことは、登山グッズの専門店に行き、大きなバックパックを買いこむことだった。

向こうの世界に持ちこめる物は、自分で持ち運べるものに限られる。

手提げ袋では二〇キロが限度だ。登山用の大きな背負い袋なら、自分の体重ぐらいは運べるようになる。

次に俺のやったことは、向こうに持ちこむ品物を吟味（ぎんみ）することだった。

当面。予算のことは気にしないで済む。

二〇〇万円もあれば、相当な物を買いこむことができる。なにも高価な物である必要はない。そもそもバックパックに入りきる程度の物しか向こうには持って行けないわけで——。

こちらの世界ではありふれていて、向こうの世界ではありがたがられる物——。そうしたものを探せばいいのだ。

あちらの世界の人に喜んでもらおう。俺はそのことしか頭になかった。

昨日、塩を買ったスーパーに行った。

店でいちばんデカいカートを押して歩きながら、店内をあちこち回った。

目についたものは、かたっぱしからカートに放りこんだ。

食料品。日用品。雑貨。最初のうちは「これは向こうでありがたがられるだろうか」といちいち考えていたが、そのうち、深く考えるのはやめた。

ただし、たとえばトイレットペーパーの塊（かたまり）だとか。そういった、かさばるものは選ばない。

そこそこカートがいっぱいになったところで、バックパックの収納量をきちんと計っておけばよかったと後悔する。これぜんぶ入りきるだろうか？

まあ、だいたいこんなものかと見切りをつけて、レジに向かった。

「ああ。そうだ」

最後に思いついて、サインペンと宛名シールをカートに放りこんでおいた。

商品に値段を書いておかないとならないだろう。

サインペンについては、ふと思いついたので、ごっそりと、あるだけ取っておいた。

この手のものを買うなら百円ショップが安いのだが、べつに営利目的でやっているわけでなし。値段にはあまりこだわらない。

レジを通すとき、昨日と同じ店員がまた変な顔をしていた。

支払いはたったの二万円。残金一九八万円ほど。

バックパックにぎゅうぎゅうと詰めこんだ。なんとか入りきった。

さあ！　異世界へ！

背中の荷物は重かったが、俺は——足取りも軽く、歩きはじめた。

第05話

「賓人（まれびと）、店を開く」

「おや？」

向こうに着くなり、俺は周囲を見回した。

異世界転移も五回目となったからだろうか。今回はいきなり目的地に出現していた。

気がついたときには、街の外れにもう立っている。建物がそこに見えている。

街の中心部のほうに向かった。

このあいだの市場に向かおうと思っていた。また市場の端っこで、地面に商品を並べて、行き交う人々に見ていってもらおうかと考える。

だが、ある建物の前を通りがかったとき、ふと、そこが誰も住んでいない空き家になっていることに気がついた。

建物の窓は開きっぱなし。中もがらんとしている。床が少々埃（ほこり）っぽいが、空き家の中は広くていい感じ。

「あの……、すいません」

近くを歩いていた人に声をかけて、呼び止めた。

「ここって空いてるんでしょうか？」

「ああ。そこは空き家だよ。何年も前には店をやってたんだけど……なんの店だったかなあ？」

「ここの持ち主ってわかります？　俺、借りれますかね？」

「ああ。わかるよ。ついておいで」

教えてもらったところに行って、持ち主のおばあさんに話を通す。手持ちの金貨四枚を渡すと、おばあさんは仰天して、そんなに受け取れないよ一枚でいいよ、と返そうとする。

例によって押し問答になって、金貨二枚で一ムルグの期間借りるということで、話がついた。

しかし一ムルグって、それ何日のことだろう？

まあいいか。

店を持った俺が、まずやったことは、床の清掃。

ほうきとちりとりは、たしか突っ込んであったはず——と、バックパックの中身をぶちまけて探すと、ほら、やっぱりあった。

五枚セットになってる雑巾を、一枚使って、ペットボトルの水で湿らせて、雑巾掛けをする。

一仕事終えて、店を綺麗にし終わったところで——。

俺は休憩がてら、外へ出た。

「うーん……」

腕を組んで店を眺める。

自分の店だ。マイショップだ。

なんか感動だ。感無量だ。

こーゆーの、なんてったっけ？

しかしファンタジー世界ってスゴい。登記がどーとか、保証人がどーとか、面倒くさいことは、なんにもなかった。

あんた誰？　とも聞かれず、持ち主のおばあさんに直接話をつけにいって、ほんの数分で話が決まった。このスピード感もスゴい。

外から店を眺めていた俺は、店の外見に、ひとつ、足りないものがあることに気がついた。

看板だ。

店の入口の上に、なにか看板っぽいものがかかっている。何かが書かれていたようだが、もう風化してよく見えない。

その看板は再利用させてもらうとして……。そこに店の名前を書かないと。

そのまえに、まず、店の名前を決めないと……。

これは一国一城の主としての、はじめての役目であった。

聖なる儀式である。

俺は熟考に熟考を重ねた。

具体的には三秒間ぐらい考えた。

そして決めた。

「うん！　〝Cマート〟でいこう！」

C1

荷物のなかからサインペンを出してきて、店の看板に「Cマート」と大きく書いていると——。

「ここ。お店なんですか？」

近所の人が興味を持ってくれたのか。店の中を覗きこんできた。

「ええ。よかったらどうぞ」

俺は言った。

店内は掃除が終わったばかり。がらんとしていて、まだなにも並べていない。

だが俺はさっそくその人を招き入れた。

記念すべきお客さん第一号だ。

俺は品物をひっぱりだしながら、商品の説明をはじめた。

第06話

「エルフ耳の女の子を店番に雇う」

ちゅんちゅんちゅん。

スズメではないのだろうが。そんな小鳥の鳴き声で目が覚めた。

俺は店の中の空いてる床に、寝袋にくるまって寝ていた。

寝袋は、本当は商品のつもりで持ってきたのだが、すっかり自分用になっている。

「ふわ～ぁ……」

寝袋から這い出して、まずやったことは、大きなノビ。

ペットボトルの水を鍋に入れて、カセットコンロにかけて、とりあえず湯を沸かしはじめる。

湯が沸くまでのあいだに歯ブラシを持って外へ出る。

しゃっこしゃっこと歯ブラシをかけつつ、俺は今日の予定について考える。

よし。決めた。

昨日と同じ。以上。

今日の予定終了！

おれはスローライフの醍醐味に浸りきった。

異世界でのスローライフに、俺はすっかり染まりきっていた。

一日、店で店番をしている。いつ来るかもわからないお客さんを、気にせずまったりと待ち、腹が減ったら、すぐそこにある食堂でごはんを食べてくる。

そんな生活だ。

あの塩の一袋のおかげで、どうも俺は、一生メシを食わせてもらえることになっているらしい。オバちゃんは、俺が行くと、いつでも笑顔で歓迎してくれる。

店を空けるときには「食堂にいます」と書いた札をかけておく。お客さんが来て用があるなら、お客さん本人が店まで呼びに来てくれる。

ちなみにこちらの世界の文字は読めないし書けないので、札はオバちゃんに書いてもらった。

ぜんぜんオバちゃんって感じじゃないんだけどな。外見だけならロリっ娘なんだけど。外見一二歳、中身三十代の、合法ロリだ。

本日の予定は、昨日とまったく同じだ。

つまり、まったりだ。

いつ来るかもわからないお客さんを待つのが、Cマート店主である俺の仕事だ。

ちなみにドヤ顔で店名を書いてから気づいたのだが……。

この店名、こちらの人には、読めないよね？　異界文字になるよね？

ま。いっか。

あ……。そういえば本日の予定だが……。

いつも通り、ってわけには、いかないな……。

しゃこしゃこと歯ブラシをかけながら、俺は思い直した。

そろそろ商品の補充に、いっぺん現代日本に行ってこなければならない。寝袋も歯ブラシもカセットコンロもペットボトルの水も、自分で使ってしまっているので、売り物にしたいと思うなら、その分を新たに輸入してこないとならない。

ちなみにやっぱり感覚的にいうと、「行ってくる」であった。「帰る」ではない。

こちらの世界で何日か過ごした俺には、もはや完全に「帰る」という感覚はなくなっていた。

向こうに行くのも品物の補充に行くだけのつもりだ。

だとすると、あちらの部屋は解約したほうがいいのだろうか？　どうせ使わないし寄りもしないし。でもまあ、いちおう、あちらに現住所がないと困ることもあるかな。

まあ金はあるのだし。家賃だけ払っておいて、結論を出すのは先延ばしでいいか。

そうだ。すべて先延ばしだ。そうしよう。

明日でいいことは今日やらない。

現在の俺の基本行動原則だ。

なんて素晴らしい理念だろう。

完璧だ。

スローライフの醍醐味だ。

とか、考えているうちに、歯磨きも終わる。

「がらがら〜っ……、ぺっ！」

——と、吐いたそこに、人が寝ていた。

店の入口の脇にごろりと横になって倒れている人がいた。

「って⁉　──うわぁ⁉　ごめんなさい！　ごめんなさい！　気づかなかったんです！」

俺は慌てて叫んで謝った。

歯磨き粉と、水と、唾液の入り交じったものを吐きかけたことになる。つまり唾を吐いたようなものだ。

だが誓ってもいい。わざとじゃないんだ。気づかなかったんだ。そんなところに人が寝ているなんて──。

だいたい、なんで店の入口の脇に人が寝ているんだ？

なんでこの人は寝ていたんだ？　てゆうか。なんで起きてこないんだ？　ほっぺたに歯磨き粉と水と唾液の入り交じったものを引っかけられて、なんで気づかない？

「……あの？」

俺はおそるおそる声をかけた。ぼろいマントにくるまったその人は、横になって丸くなったままで──。

「お、おい……死んでるのか」

俺は呆然とつぶやいた。

倒れている人は、肩をわずかに震わせた。

よかった。

とりあえず生きてはいるらしい。

「おなかー……、すきましたー……」

小さく、弱々しい声が聞こえた。

倒れていた理由がわかって、俺はほっとしていた。

そして腰が抜けそうになった。

◇

「生き返りましたー！　昨日からなにも食べてなくてー！」

タオルで顔をぬぐい、保存食をあらかた平らげおわって——。

ようやく人心地がついたのか、その人物はそう言った。

俺は彼女の顔をまじまじと見た。行き倒れの人は女の子だった。

ぼろぼろのマントで、土埃（つちぼこり）で顔もちょっと汚れてはいるが、よく見れば、けっこうかわいい女の子だ。

しかし……。ほんと。埃まみれ。歯磨き粉と水と唾液の入り交じったもので濡れて、タオルで拭（ぬぐ）ったところだけが綺麗（きれい）になっているのだが……。それってどうなの？　いいの？　どうなの？

俺は彼女の顔をまじまじと見つめた。

「な、なんでしょう……？　あ……、お、お金ならないですよ？　お金なんてあったら行き倒

れているわけないですよね？」

　俺の目はフードの端からすこし見えている彼女の耳に向いていた。

　彼女はマントのフードを目深にかぶったままだが、そこからちょっとだけ見える耳が、とても長くて……。

「あっ……、気づいちゃいました？　そうです。そうなんです……。わたし。その……、エ、エルフでして」

「エルフ？」

「でもエルフっていってもどこの部族でもなくて。親は二人とも人間だったんですけど、なんでか、わたしだけエルフで生まれまして」

「捨て子で拾われた……とか？」

　俺はそう聞いた。

「わたしもそう思いまして、聞いたこともあったんですけどー」

　ぱくぱくと缶詰の中味を口に運びながら、彼女は言う。

　あれは彼女のためのものではなくて、俺の朝飯として開けた缶詰なのだが……。

　平然とあたりまえのように当然の顔で食っている。

　俺の朝飯となるはずのものが、どんどん彼女の胃袋に消えてゆく。

　俺のイメージだと、エルフという種属は小食で、野菜か果物ぐらいしか口にせず、朝は一杯のフルーツジュースからはじまる……とかいう感じなのだが。

　まあ行き倒れ寸前であったということもあるのだろう。彼女は驚くべき食欲を発揮していた。

「でも本当に母親から生まれてきたって。取り替えられたんじゃないかって、よく言われてましたねー。ほら。取り替え子（チェンジリング）ってあるじゃないですか。人の街だと住みづらくって、それでエルフの村に行けば迎え入れてもらえるかなーって、旅して行ってみたんですけど。でもこんどはエルフの人たちから、肉食うやつはエルフじゃねえ！　とか言われて追い出されてしまいまして。――あ！　さっきから、これ！　お肉おいしいですよねー。いったいなんのお肉なんですかー？　食べたことないですー」

「さっきのは――。ツナ缶とサンマ缶と、焼き鳥で……。これはコンビーフ……じゃなくて、コンミートだけど……。コンミートって……、なんの肉だったっけ？」

　そこらにあった缶を見る。馬肉と牛肉――と書いてあるが、はたして馬も牛もこのファンタジー世界にいるのだろうか？　言ってもわかるのだろうか？

「おいしゅうございました」

　コンミートもぜんぶ平らげたあとで、彼女は言った。

　床の上で手を揃（そろ）えて、ぺこりとお辞儀（じぎ）をする。

　そんなところだけ、お行儀（ぎょうぎ）が良い。育ちが良さそう。

「……ところでさ？　ひょっとして、さっきの……言いたくなかった話？」

取り替え子（チェンジリング）がどうのといった話のことだ。

ひょっとしたら悲惨（ひさん）な人生を送ってきたのかも？　……と、聞いてから気になってしまった。

「なんでです？」

「いや、ほら……。住みづらいって言ってたし。迫害されたり……とか？」

「あーあー。そんなふうに聞こえちゃいましたかー。ぜんぜんそんなことないですから。大丈夫ですよー」

エルフの娘は、からからと明るい顔で笑った。

「なんで人の街を出たんだ？」

彼女があまりにも明るく笑うので、俺はもうすこしだけ聞いてみることにした。

「両親が死んでしまいまして」

「え？　病気とか？」

「いえ老衰（ろうすい）で」

「へ？」

目の前にいる彼女は、まだ十代の半ばぐらいで――一人旅をするには、ちょっと若すぎるぐらいで。まあ異世界の常識はよくわからんが。

だけど、その生みの親が……老衰で死去？　なんでだ？

「ずっと両親の介護をしていたんですけど。父が先で母が後で。――で、二人を看取（みと）ったあとで、家を処分しまして、そのお金を路銀にして、エルフの村に旅してみたというわけです」

「あーあーあー」

　俺はようやく理解がいった。彼女の顔を指さして、大声で叫ぶ。

「合法ロリ！」

「はい？」

「——じゃなくて。おまえも！　見かけどおりの歳じゃないのか⁉　一五歳とかではぜんぜんなくて！　つまりオバちゃんとおんなじかっ‼」

「オバちゃんというのはよくわからないですけど。ええまあ。両親は人間ですけど、わたしは純血のエルフらしいので……。ですから、こんな見かけでも——」

「何歳なんだっ⁉」

　エキサイトして、俺はそう聞いた。

「そんなに聞きたいですか？」

「なんかすげえ聞きたい！」

「うふふ。じゃあ秘密です」

「じゃあってなんだ！　じゃあって⁉」

「少なくとも貴方よりは年上だと思いますよ。何倍かは」

「何倍もかっ⁉」

俺は頭を抱えたくなった。

行き倒れのダメエルフだと思っていた相手が、ぜんぜん遥(はる)かに年上だったとは。

「あのう……。もうお肉、ないですか？」

「いえ……、もう缶詰は、あんまり残っていないですね。みんなお食べになってしまわれたので」

「なぜいきなり敬語になるんですか？」

「おまえがみんな食っちまったから、残ってねーよ」

「こんどはなぜいきなりぞんざいに？」

「わかんねーんだよ!?　どう接していいのか！」

「ふつうに接してください」

しばらくして俺は平静になった。平熱になった。

年上とか気にするのやめた。ダメエルフでバカエルフとして扱うことに決める。

今日の予定はもともとあちらに行って仕入れだったが、バカエルフがぜんぶ食べてしまったから、その予定が早まった。

「あーもう！　おまえが缶詰ぜんぶ食っちまうから！　取りに行ってこねえとならねーじゃん！」

「待ちます」

背筋をしゃんと伸ばして、彼女は言う。

そのとき俺は閃いた。

向こうに行って戻ってくるまで、彼女に店番をやってもらえばいいんだ。待つって言ってるし。

「すまんが。俺が戻ってくるまで店番を頼まれてくれないか？」

「缶詰食べられますか？」

「昼飯までにはいっぱい取ってくるつもりだが」

「待ちます！」

話は決まった。

◇

現実世界に行き、いつものスーパーで、いつものように大量に購入する。

今回は缶詰を中心に、水とかカセットコンロとか、ペットボトルの「おいしい水」も、仕入れる。これは自分用に使ってしまったものの補充分。売り物用にあらず。

あと寝袋はスーパーには売っていないから、ホームセンターまで行かないと……。

ところで、カートを押していて気がついたのだが……。

わざわざバックパックにしまわなくとも、カートを押したまま異世界転移すればいいのではなかろうか？

まあそのうち試してみるか。もし徒歩以外の方法で、カートごと転移できるなら、一度に運べる量が飛躍的に増える。

いろいろ持って、向こうに戻った。

「おーい。帰ったぞー？」

エルフの娘は、ばったりと床に倒れていた。

「おなかが……、すきました……」

「また行き倒れてんのか。おまえは」

「朝からなにも食べて……、いなくて……」

「朝は食っただろ」

「エルフは燃費が悪いのです」

「うそをつけ。おまえだけだろ。ほら。おまえの好きなやつだ。肉がいいんだろ？　色々持ってきてやったぞ」

缶詰をいくつか見繕（みつくろ）って床に置く。

「がるるるる」

飛びついてくるバカエルフの手を、俺は、ぱしりとはたいた。

「なんですかー？　くれないいんですかー？　くれるっていったの、あれうそですかー？」

「そのまえに話がある。バカエルフ」

「いまさらりとバカっていいました？」

「おまえ。べつに目的地も行くあてもないんだろ？　――なら、しばらくうちで働かないか？　店番してくれるやつがいると、俺も助かるんだよ」

「マスターがいないうちに品物一〇個くらい売りましたよ。値札にあった値段をいただいて、箱に入れてあります」

「おお。なんと使えるやつ」

「もっと褒めてください。そして缶詰ください。あと給料は日給九個を要求します」

「ところでおまえ、いま、さらりと〝マスター〟とかゆった？」

「雇用されるんですからマスターでしょう。それとも〝店長〟と呼ぶほうがいいですか？」

「うーん……。マスターでっ」

　俺は悩んだ末にそう言った。

　バカだが見た目だけは美人で可愛いエルフの娘から、「マスター」と呼ばれるのは、意外と悪くない。

　背中がむずむずする。

「ところで日給九個ってのは？」

「缶詰九個です」

「現物支給でいいのか？　金貨とか銀貨とかじゃなくて？」

「だってお金を頂いても、その缶詰のおいしいお肉は、この店でしか買えないじゃないですか」

「それもそうだが。……六個では？」

「八個」

バカエルフは手をにぎにぎとやっている。目は床の上の缶詰の山にロックオン。

「七個でどうだ？」

俺は缶詰を実際に七個積んだ。現物の威力のまえにバカエルフは早くも陥落寸前。

「七個とカンパンで」

バカエルフはそう言った。

そういえば朝はカンパンの缶も開けた。肉だけだったので。

「カンパンは持ってきてないから……、今日は、じゃあ肉七個と桃缶で」

俺は今日の日当を支払った。

「この桃というお肉はうまいですー!?」

こうして、Ｃマートに従業員が入った。バカなエルフが従業員となった。

第07話

「砂糖無双」

ちゅん。ちゅん。ちゅん。

いつものように朝が来た。

俺は寝袋から這い出ると、うーんと、大きくノビをした。

「おい。朝だぞ。起きろバカエルフ」

店の反対側で寝ているエルフの娘に声をかける。

「う〜ん……、ますたぁー、そ、それはわたしのお肉です……」

「寝ぼけてんじゃねえ」

「ほぐう」

「あ。すまん」

軽く小突いただけだったが、なんかいいところに入ってしまったらしい。

店員を雇って、すこし経った。

二人とも店で寝泊まりしている。

俺は寝袋に入って寝る。あちらは野宿生活が長かったせいか、ボロマントにくるまって、ごろりと横になるだけで、三秒後には寝息を立てている。

「床の上で寝られるなんて素敵ですー」なんて言ってる。幸せは人それぞれだ。

俺は寝袋一枚だと、けっこう体がばきばきだ。〝自分の城〟で寝れる満足感と、スローライフ感は、何物にもかえがたいが。

「朝飯〜……、朝飯〜……、なにが残っていたっけかな？」

俺は売り物をごそごそとやった。

またけっこう品物が売れてゆき、そろそろ残りの品数が少なくなってきた。

ろくなものがない。

「おい。バカエルフ。缶詰すこしわけろ」

「いやですー……。これはもう日給として頂いたものなので、わたしのものですー……。いくらマスターでも、取り上げようとしたら——噛みます」

「噛むのかっ!?」

売れ残りの品を引っかき回していると、飴玉の袋が出てきた。

仕方なく飴の一個を口に放りこむ。

これで空腹を紛らわせて——あとで向こうに行ってくるか。カップ麺でも買ってくるかな。

「マスター？　なにを食べているのですか？」

「ん？　おまえが缶詰くれねーからだろ」

「ですから、なにを食べているのですか？」

バカエルフは、なんか興味津々で、こちらを見ている。

「ん？　これか？　飴ちゃんだが？」

俺は飴の袋を見た。適当にスーパーで買いこんだ物のなかにあって、これまで、ずっと売れ残っていたものだ。フルーツ味の飴ちゃんだ。

　フルーツ味がいかんかったのか？

　ああそうか。向こうの世界のフルーツは、きっとこちらにはないはずで……。馴染みがない果物味の飴は、そりゃ、たいそう不気味に目に映るはずで……。だからチャレンジャーが出なかったのか。

「飴ちゃんとは、なんでしょう？」

「ん？」

「飴ちゃん、しらんの？」

「はじめて聞きますが」

「オバちゃんが、よくくれるものだよ」

「あそこの食堂のオバちゃんからもらったことはないですが」

　そういえば……。そうか？

　オバちゃんは、ごはんはおごってくれるが、飴ちゃんは押しつけてこない。

「ひょっとして、ないの？」

　俺は飴ちゃんを一個、バカエルフに放った。

　小袋を開けられないで、わたわたやっているので、小袋から出したやつを、もう一個放った。

　バカエルフは、飴ちゃんを口に入れた。

すぐにはリアクションはない。

数秒が経ち――。

十秒が経って――。

「甘い――⁉」

目をまんまるにして、驚いていた。

「な、なんですか⁉　これはっ⁉　この食べ物っ⁉　こんなに甘いなんて――ッ⁉」

「だから飴玉だって」

「これはいったいなんで出来ているのですかっ⁉」

「ええと……」

俺は袋をみた。成分のところに書いてあったのは――。

「砂糖」

「砂糖とはなんですか？」

「しらんの？」

「きいたことがありません」

「ひょっとして、ないの？」

「マスターさっきからそればかりですよ。ないとか、あるとか――だから、こんな甘くて美味しいものは知らないって、さっきからそう言ってます！」

エルフ娘は、なぜか床の上を膝でにじって、俺に近づいてきた。

「なぜおまえ。にじりよって来る？」

「いえ。その飴ちゃんというものを、もっと頂こうと」

「おまえさっき缶詰くれなかったじゃん」

「ずるいです！　マスターだけおいしいものを食べるのはずるいです！」

「缶詰くれたら。飴ちゃんやるぞ」

「え？　いやっ……肉はっ！　いやっ……！　でもっ！」

バカエルフは本気で悩みまくっている。バカ可愛い。

「やるよ」

俺は笑いながら、袋を押しつけた。

「え？　ぜんぶもらってしまって……、よいのですか？」

「飴ちゃんくらい。いくらでも」

俺は立ち上がった。

今日の仕入れの品が決まった。

◇

いつものスーパーで大量に購入する。

もう何回か向こうとこちらの行き来をしていて、だいぶ買いこんでいるはずだが、所持金はまだ一八〇万円ぐらい残っている。

今回、重点的に買うものは「飴ちゃん」だ。

お菓子のコーナーの飴玉のコーナーに行って、ごっそりと取る。

といっても、どの飴も一〇袋ずつぐらいしか置いてない。種類のほうも二十種類ぐらいしかない。いちいち選びもしない。どんどんカートに載せてゆく。

あのバカエルフの食いつき具合からすると、「飴ちゃん」はかなりのヒット商品となりそうだ。俺の商人としての直感に、きゅぴーん、と、きた。

一〇袋×二十種類で、合計二〇〇袋。こんな程度ではすぐ売り切れてしまうだろう。

他のスーパーや、なんならコンビニにも寄って、もっとたくさん仕入れるか。それとも……。

いや？　待てよ？

俺は不意に閃いた。

飴の原材料は砂糖。バカエルフは、甘いのがおいしくて、こんな甘いものを食べたことがないと言っていた。だったら、なにも——飴ではなくても、砂糖でもいいんじゃないか？

調味料のコーナーを探す。

砂糖のコーナーは、このあいだ訪れた塩のコーナーの真横だった。

このあいだは塩しか目に入っていなかったが、砂糖にも、色々な種類があった。

「へー。上白糖、グラニュー糖、三温糖、ザラメに角砂糖、黒砂糖に……」

しらんかった。

砂糖っていっても、こんなに種類があったんだ。

角砂糖なんか、飴のかわりになるんじゃなかろうか……。

――と。

そんなことを考えていた俺の目は、あるところで、ピタリと止まった。

「……氷砂糖？」

なんか白い結晶みたいな……これも砂糖か。

大きな袋で、キロ単位で、山ほど売っている。ポップを見ると、どうやら梅酒を作るのに使うらしい。だからこの季節には大量に売っているらしい。

なるほど。

しかし……。

氷砂糖というものは……。見れば見るほど、飴ちゃんだ。色がついていないだけ。たぶん匂いもついていないのだろう……。

これはきっと、純度一〇〇の砂糖の結晶なのだろう。

ああ。これでもいいのか。

俺は氷砂糖の袋を、どかどかとキロ単位でカートに入れた。飴ちゃんも――わざわざ戻しにいくのは面倒なので、そのまま、レジへと向かった。

本日の仕入れ会計——。

飴ちゃん二〇〇袋。三万円と少々。

氷砂糖二〇キロ。三〇〇〇円と少々。

その他、あれやこれ。四万円と少々。

残金一七二万円と少々。一万円以下は面倒だからもう数えない。

◇

店に戻ると、ものすごい数の子供が群がっていた。

地面が見えない。黒と金色と茶色と白と赤と青と水色と紫と緑とピンクと——様々の髪の色のお子様たちで、店の前は埋め尽くされている。

「うわっ！　なっ！　なんだっ！　なにが起きてる⁉」

「あっ——！　マスター！　マスター！　おかえりなさーい！」

バカエルフがこちらを指差す。

お子様たちが、一斉に、俺へと押し寄せてきた。

「うわあああ！」

「ほらマスターが飴ちゃん持ってきてくれましたからねー！」

「だからなんだーっ！　なんなんだーっ！」

つぎつぎと手を差し出してくる子供たちに、俺は取り囲まれた。街中の子供がここに集まっているかのようだった。

◇

「はい。はい。並べよー。順番だぞー。一人に一個ずつ、氷砂糖を渡していた。

俺は子供たちを整列させて、一人に一個ずつ、氷砂糖を渡していた。

子供たちは意外とおとなしく並んでいる。

暴動でも起きるかと思った。ちょっとびっくらこいた。

「一人一個だぞー。つぎはー。ちゃんとお小遣いもってきて買えよー」

とか言いつつ、
もらった氷砂糖を口の中に放りこんで、こっそり列の後ろに並び直している子供もいるのだが――。

それを目撃しても、見て見ぬ振りをしてやる。

バカエルフに話を聞いてみたところ――。

聞けば、飴ちゃんを子供にあげたのだという。てっきり自分一人で楽しむかと思っていたら、
あいつ、けっこういいところある。バカエルフと呼ぶのは、五秒間だけやめてやろう。
一、二、三、四、五――！　はい！　五秒ーっ！
一人の子供に飴をあげたら、それが口コミで広がっていったらしい。

「ちょうだい！　ちょうだい！」

輝く顔で手を差し出してくる、推定一二歳の美少女を見て——俺は、げっそりとした顔をした。

「オバちゃん……。なにやってんの?」

「なにいってんだい！　誰がオバちゃんだい！　あたしゃ見ての通りのコドモだよ！」

「あー、はいはい」

俺はオバちゃんに飴をあげた。オバちゃんという種族は、本来、飴をもらう側ではなくて、飴を押しつけてくる側なんだが……。

「わー！　色のついてる飴だーっ！」

子供たちが騒ぐ。

オバちゃんにあげた飴は、透明な氷砂糖ではなくて、色つきの飴のほう。本物の飴ちゃんのほう。オレンジ色だから、オレンジ味だ。

「どんな味ーっ！　どんな味ーっ！」

子供がオバちゃんを取り囲む。背丈がそんなに変わらない。小学校高学年くらいの外見のオバちゃんは、ちょっと年長さんという感じ。

「ふっ……、子供にはわからない味さね」

オバちゃんはポーズをつけて、カッコをつけた。

「あんたやっぱりお坊ちゃんだったね！　塩もってきたときにもびっくらこいたけど！　こん

どは砂糖菓子持ってくるとか！　どんだけお坊ちゃんなんだい！」
ばしばしと背中を叩かれた。
手首のスナップが利いていて、それ地味に痛いんだけど。
オバちゃんが笑った。子供たちも笑った。
飴ちゃんを頬張って、おいしー、と、満面の笑みを浮かべている。
バカエルフも笑っている。
そして俺も笑った。

◇

飴ちゃんは「Cマート」の主力商品となった。
ただし子供向け。
子供がなけなしのお小遣いを握りしめてくるから、おもいっきり安く売っている。
採算？　そんなもん、どうだっていいだろ。
皆の輝く笑顔が、俺にとってはいちばんの報酬だ。

飴ちゃん。大人気でしたねー

商売にはならんかったがなー

でも子供は喜んでましたよ

いちばん喜んでたの
オバちゃんだったがなー

第08話 「コンビニ袋無双」

「はいまいどー」

品物を袋に入れる。金貨一枚を受け取る。

「えーと、お釣りは……。おいバカエルフ。これいくらになるんだっけ？」

俺はお客さんにニコニコと笑顔を向けながら、Cマート唯一の従業員であるバカエルフには、コワい顔を向けた。早く答えろと、ヤクザのような顔になって訊ねる。

「だからいつも言ってるじゃないですか。バカマスター。金貨一枚は、銀貨一二枚になるんですって。いまのお勘定は銅貨四枚です。そして金貨一枚をお預かりしています。だからお釣りは、銀貨一一枚と銅貨八枚になりますよ」

「あー、はいはい。銀貨一一枚と、銅貨八枚ねー。……はい、まいどー」

お客さんを送り出す。

白いコンビニ袋に品物をぶら下げて、お客さんはニコニコ顔で帰っていった。

俺もニコニコ。お客さんもニコニコ。

CマートのモットーはＷＩＮ－ＷＩＮだ。

お客さんの背中が完全に見えなくなるまで見送って――。

そして俺は、隣に立つバカエルフに般若の顔を向けた。

「なんで十進法じゃないいんだよ！　金貨一枚がなんで銀貨一二枚になるんだよ！　なんで一〇枚じゃないいんだよ！」

「キリがいいじゃないですか」

「なにいってんだよ！　十のほうがキリがいいに決まってるだろ！」

「わかりませーん。バカマスターの言うことは、わたしにはぜんぜんわかりませーん」

「おまえいまさらりと俺のことバカとかゆった？」

「マスターだって、さっきからわたしのことバカバカゆってるじゃないですか。そのお返しですよーだ」

「俺が言うのはいいの。おまえが言うのはいけないの。そんなこともわからないからおまえはバカって言われるの」

「バカってゆったほうがバカ」

「なんだとこの。給料減らすぞ。缶詰六個にするぞ」

このエルフは日給缶詰七個（うち一個は果物缶）で雇っている従業員なのだった。

「マスターそれは契約違反です！　マスターは缶詰七個くれるって！　言いました言いました言いましたー！」

「いつ言ったよ何時何分だよ！」

「あんまりひどいこと言うと、マスターがおじいちゃんになったときに、介護してあげないですよ？　おしめ替えてあげませんよ？」

「永久就職してるし⁉　虐待予告だし⁉」

ファンタジー世界の御多分に洩れず、ここの世界のエルフもかなり長命らしい。

ひょっとしたら「おじいちゃんになったとき」とかいうのは、ものすごく長生きのエルフの感覚からすれば、ほんの一か月とか、そんな感じなのかもしれない？

ちょっとぞっとした。

「いえ……、べつに介護してくれなくても……。いいですけど。でももしそうなったときには、やっぱりやっていただけると嬉しかったりします」

「ですからなんでそこ急に敬語になるんです？」

「うるせーよ、バカエルフ。てめーにゃ、わかんねーよ」

「またバカってゆったー⁉」

お客さんが来た。

「いらっしゃいませー！」「いらっしゃいませー！」

俺とバカエルフは、いがみあっていた顔から、一瞬で満面の笑みに変わった。

異世界に開いた俺の店――Ｃマートは、けっこうお客さんが来てくれるようになっていた。

どうも子供に飴玉を配ってあげたのが、よい宣伝となったようだ。

子供が、まず親に話して――。

そしたら、その親がお礼を言いに来て――。

そんなことで親がわざわざ礼を言いに来るのもスゴイ。

異世界スゴイ。

スゴイスゴイ。

ちょっとした善意が、何連鎖もして、コンボが炸裂してゆくのがスゴイ。

現代世界とルールが違っているところがスゴイ。

——で。

大人が店にやってきたら、そのついでに、店の品揃えを見ていってもらう。

異世界の——おっと。

異世界というのは、つまり、現実世界のことのほうだが。

どうも最近の俺の感覚では、「異世界」というのはあっちのほうになってしまっている。こっちの人情溢れる優しい世界のほうが「本物」で、あちらの便利ではあるがストレスにまみれた現代文明のほうを「偽物」に感じてしまうのだ。

まあそれはどうでもいいとして——。

子供はカネにならんが、飴玉ギブミーと手を出すだけだが。

大人は良いお客さんになってくれた。

品物には興味を持ってもらえたので、まず、いくらなら買いたいと思うかをリサーチ。

そしたらバカエルフがこっそりと、ラベルのシールとサインペンを持って、脇で待機していて、皆の教えてくれた値段の八掛けぐらいの値段を書いて、すかさず品物に貼る。

お客さんは、見事、お買い上げ。

俺喜ぶ。お客さん喜ぶ。みんな笑顔になる。

バカエルフも笑顔だが、こいつは肉食ってる時が最大の笑顔になるやつなので、このさい、どーでもいい。

実際、現実世界での値段と、こちらの世界での値段が逆転している品もあったりする。

品物一つ一つでいったら、赤字になっているものもある。たとえば、ブランド品のぺなぺなのバッグを持ってきたら、適正価格は銅貨二枚となってしまった。向こうで高級品だからといって、こちらで喜ばれるかといえば、そうでもない。

だが俺はあまり気にしていない。

店全体で考えて、仕入れと商売が維持できれば、それでいいと思っている。

商売の達人だとか、儲け優先の人から見れば、馬鹿なのかもしれない。

だが――。

みんな笑顔になって何が悪いのだ？

悪いというやつがいたら、ちょっと出てこい。

お客さんの買う物が決まったようだ。

「はーい、こちら合計で――。おい。バカエルフ。いくらになる？」

「いいかげん計算ぐらいできるようになってくださいよ。銅貨四枚が四個ですよ？　そんな簡単な掛け算もできないんですか。だからバカマスターって言われるんですよ？　わかってます？」

「掛け算ぐらいできるよ！　数字が読めねーんだよ！」

「じゃあ数字ぐらい読めるようになってくださいよバカマスター。はーい、すいませんねー。銀貨一枚と銅貨四枚でーす」

　お客さんはニコニコと笑っている。

　こちらの世界に漫才というものがあるのかどうかは知らないが、どうもそんなふうに思われてしまっているのかもしれない。

　こんなバカエルフとコンビだとか、まっぴらごめんなのだが……。

　品物を袋に入れようとしていたとき、お客さんに急に言われた。

「あのう、それは売ってないんでしょうか？」

「え？」

　なにを言われたのかわからず、俺は思わず、そう訊き返した。

「どれですか？」

　きょろきょろする。

　周囲を見る。

　後ろの壁を見る。なにも掛けてない。ああこんど。ここに絵でも掛けよう。それも売り物にしよう。

お客さんの言う「それ」とは、どれのことか、一生懸命に探した。

だが見つからない。

「マスター。その袋のことなんじゃないですか？」

バカエルフがそう指摘してくる。

「おまえはまたバカってゆった⁉」

「いまは言ってないですよ」

そういえば、言ってない。

「その袋って……、これですか？」

お客さんに聞いてみる。

いま品物を入れようとしていた白いビニール袋のことだ。いわゆる「コンビニ袋」のことだ。

商売するなら必要だろうと、ホームセンターで、一〇〇枚入りで、税込み一八三円で買ってきたものだった。

「このお店で品物を買うと、その袋がいただけますよね。それはお幾らなんですか？」

「えーと……、これは売り物じゃなくて、サービスでつけてるだけでして……」

なんか異様に食いついてきているお客さんに、俺はたじたじとなりながら説明した。

こんなの。単なる袋で。コンビニで買い物すれば、ついてくるのは当然で――。

ああでも、スーパーだと、エコバッグ持っていかないと「レジ袋は二円」ですと書いてあるところもあるか。あと、そもそも俺は、ホームセンターで、一枚一・八三円で、わざわざ買ってきていたわけだっけ。

するど、こんな袋にも「タダ」ではなくて、一枚およそ二円くらいの価値はあったということだ。

いま気づいた！　びっくりだった！

「それは売って頂けないのでしょうか？」

お客さんは異様な食いつきで、ぐいぐいと迫ってくる。

「ま、まあ売ってもいいですけど……。一〇〇枚単位とかで」

「いくつありますか？」

「え？　ええと……」

俺は数えた。

「一〇〇枚入りが、えーと……、六つですね」

当面、それだけあれば足りるだろうと、適当に買ってきていた数が、それだけだった。

「ぜんぶ頂けますか？」

「え？　ええーっ!?」

俺はびっくりした。全買いだ。大人買いだ。六〇〇枚買いするつもりのようだ。

「その袋！　いいです！　すごくいい！　軽いし薄いしかさばらないし、ポケットの中に何枚かいれたって、ぜんぜん重くもないんです！　それでいてけっこう丈夫でっ！　あと知っていますか⁉　水を入れても水漏れもしないし、破れもしないんです！　なんて素晴らしい袋なんでしょう！」

　お客さんはコンビニ袋の素晴らしさを異様な迫力で力説する。

「え……、ええまあ……。そ、そうですね」

　俺は数歩ほど後ろに下がらせられた。

「えーと……、じゃあ……」

と、バカエルフを呼び寄せて、その長い耳を引っぱって、耳打ちをする。

（おい。二円で一〇〇枚で二〇〇円だと、幾らになるんだっ⁉）

（ふわん……）

（色っぽい声出すなよマジでおまえバカ）

（さあ。銅貨二枚ぐらいもらっておけばいいじゃないですか？　だいたいその〝円〟とかいうの、わたし知らないですよ？）

「銅貨二枚でっ！」

　俺はお客さんに叫んだ。

「いえそんなに安くちゃ悪いですよ！　銀貨一枚！　せめてそれだけ払わせてください！」

コンビニ袋六〇〇枚で、銀貨一枚なのかと思ったら、全部で銀貨六枚だった。

あいかわらずお金の価値がよくわからないままなのだが……。

まあいいか。喜んでるし。

「いやー！　言ってみてよかったですよ！　みんなにも言わなきゃー！　あの白い袋は買えるんだぞー！　って！」

お客さんはコンビニ袋六〇〇枚を持って、意気揚々と――ニコニコ笑顔で帰っていった。

ちなみに元々の品物のほうはすっかり忘れている。そこに置かれたままである。

そんなに嬉しかったんか？

そんなにいいのか？　コンビニ袋……？

「さて……」

俺はバックパックを引っぱり出してくると、肩に担いだ。

「あれ？　どこか行くんですか？　マスター？」

「聞いてなかったのか？　いまのお客さんが宣伝してくれるって言ってたろ。どっと来るから、先に仕入れてくるんだ。お客さんが来たら、待っててもらえ。三〇分くらいで戻る」

「わかりました。――ところで三〇分って、何セムトです？」

「しらん」

俺は店を出た。

◇

あちらの世界に転移すると、まっすぐホームセンターに向かった。

向こうの世界に出るときには出現先をまだ選べない。そのうちピンポイントで店の売場のどまんなかに出現できると便利なのだが……。ああ。大騒ぎになるか。人目のない路地に出ていたほうがいいのか。

コンビニ袋の売場を目指す。

そして、よくよく商品のラベルを見てみると、「コンビニ袋」ではなくて、「レジ袋」と書かれていた。

俺がそう思いこんでいただけで、正式名称はレジ袋というのか。まあたしかにコンビニでだけ使われるものでもないしな。

だがまあ、俺はコンビニ袋と呼ぶがな。俺の勝手だがな。

コンビニ袋ばかり、山ほど買った。

レジの人は目を丸くしていたが、「ああまたこいつか」的な顔で、ある種、諦め顔で粛々とレジ打ちをしてくれた。

店を出てから、ふと思い直して、もういっぺんホームセンターに入り、缶詰コーナーへと向かった。

ここはホームセンターなので、食料品は扱っていないが……。

ある売場のところには、肉系の缶詰がどっさりと置いてあることを思いだしたのだ。

缶詰を大量に買ってやる。

バカエルフへのおみやげもできた。

◇

こちらの世界に戻ってみると——。

「うわあ！」

俺は店の前にできている人だかりに、思わず声をあげた。

地面が見えない。

この前、飴ちゃんが大人気になったときに、子供で、こんなことになっていたが——。

いまいるのは、すべて年配の女性たちだ。主婦の方々だ。

「マスター！　マスター！　よかったー！　帰ってきたー！」

奥様がたに取り囲まれているバカエルフが、俺を見つけて、手を振ってくる。

「ほら奥様たち!!　あっちですあっちーっ！　ゴー!!」

「うわあ！」

奥様たちが押し寄せてきた。

俺はもみくちゃにされた。

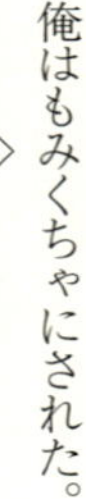

「いやー……、ぜんぶ売れましたねー……」

略奪するような勢いで、奥様方はコンビニ袋を購入していった。

店になど到底入れる人数ではなく、店の前で販売することになった。

ホームセンターで、どんだけ買ってきたのか記憶にないぐらいコンビニ袋を買ってきたのだが、それが、すべて売れていった。

ケツの毛までむしられる、という言葉があるが……。

それがこんな感じか？　こんな感じなのかっ？

「マスター。おつかれさまでした」

「ああ。うん」

地面にへたりこんで座ったままでいる俺に、バカエルフが笑顔で——手をさしのべてきていた。

いや。〝バカ〟はいまだけ取ってやろう。特別だ。

夕陽を背に立って笑う、美しいエルフの娘に、俺は手を差し出した。

そういや。こいつにおみやげがあったんだっけ。

コンビニ袋。大人気でしたねー

あれは本当は売りもん
じゃないんだがなー

みんな喜んでましたよ。
便利だって

なにが喜ばれるか、
ほんと、わからんよなー

第09話

「ぷちぷちシート無双」

「マスター。マスター。それなんですかー？」

俺がＡｍａｚｏｎの箱を開けていると、エルフの娘が愛嬌と笑顔を振りまきながら擦り寄ってきた。

俺なんかに愛嬌売っても。なんも出ないぞ？

「ああ。通販――っていっても、おまえにゃわかんないか。向こうで仕入れた品物だよ」

いつものスーパーと、いつものホームセンターと、いつもの百均ショップと、順繰りにローテーションに回っているだけだと、品物がどうしても偏ってきてしまう。

そして品物によっては、スーパーやホームセンターだといまいち品が選べないということになる。たとえば懐中電灯とか、スーパーでは一種類。ホームセンターでも数種類しか置いてない。少々高くてもいいので、ごつくて丈夫で長持ちする逸品を――とかいうと、Ａｍａｚｏｎや楽天の通販を利用したほうがよいわけだ。

よって俺は、Ａｍａｚｏｎを利用するようになっていた。

向こうの世界の部屋にはほとんど帰っていないので、配達先をどこにしようか悩んだが――。

知らないうちに、コンビニ受け取りもできるようになっていたではないか。

「これは懐中電灯だろ。これはサバイバルマニュアルだろ。これはステンレスのスプーンだろ。これはスノードームだろ。これは太陽電池で踊るヒマワリだろ」

どうせ言ってもわからないと思いつつ、俺は品をテーブルの上に置いてゆく。

　エルフの娘が気になっていたのは、どれだ？　スノードームか？　ヒマワリか？　バカエルフだからきっとヒマワリだろうな。ヒマワリは光を受けて早くもくねくねと踊りはじめている。

「ちがいますよー。それです。それ」

「どれ？」

　もう段ボール箱からぜんぶ出してしまった。

　箱の中にあるのは、梱包材のぷちぷちシートぐらい。高価な物が入っているせいか、梱包材がめずらしく念入りだ。

「ひょっとして……、これか？」

　俺はぷちぷちシートを取り出して見せた。

「それです！　それ！」

　あたりだったらしい。

　エルフの娘は、ぶんぶんと首を上下に振った。

　目を輝かせて、すごい興味津々で、見つめているのだが……？

「ひょっとして……、おま、知らんの？　ぷちぷちシート？」

「あー！　またそうやってバカにしますー！　わたしがマスターの世界の物を知るわけないじゃないですかー」

　そういえばそうか。

「それはなんですかー？　なんなんですかー？」

目を輝かせてエルフの娘は聞いてくる。

こいつバカだが。見た目だけは美少女だから。……まあ、悪い気はしない。

「これは……だな、ええと……」

単なる梱包材だ、とは、なんとなく言えなくなってしまって……。

俺は言葉を探した。

「これはだな。向こうの世界でも最上級とされる、楽しい遊びのための品物だ」

「ど、ど、ど！　どうやって遊ぶんですかっ！」

「それはだな……」

俺はぷちぷちシートを手に取って――。

ぷち。

ぷち。

ぷち。

いくつか潰した。

「なんか地味ですよ？　それって楽しいんですか？」

「そう言わずにやってみろ」

俺はぷちぷちシートを、おおざっぱに半分に破って、片方をエルフの娘へと渡した。

「こうですか？　こうやって潰せばいいんですか？　こうですか？　こう？」

「そう。そうだ。おまえ。なかなか筋がいいじゃないか。そうだ。そう」

二人で会話をしながら、うつむいて、ぷちぷちと潰してゆく。

そのうちに無言となる。

二人とも無言で無心で、ぷちぷちシートを潰してゆく。

ぷちぷち。

ぷちぷちぷち。

ぷちぷちぷちぷちぷち。

ぷちぷちぷちぷちぷちぷち。

ぷちぷちぷちぷちぷちぷちぷちぷち。

ぷちぷちぷちぷちぷちぷちぷちぷちぷち。

――はっ⁉

俺が我に返ったのは、シートの最後の一個を潰し終えたときだった。

「終わっちゃいましたよ。マスター」

向こうもちょうど同じタイミングで終わったらしい。ぷちぷちがぜんぶ潰れて、ぺなぺなになったシートを振って、エルフの娘が言う。

「つぎください。つぎ」

「ねえよ」

　ぷちぷちシートはもう終わりだ。梱包材として中身をくるむために一枚入っていたきりだ。

「使えないお坊ちゃんですね」

　エルフの娘は可愛い顔で毒を吐く。

　やっぱこいつはバカエルフでいいや。

「おまえいま〝使えない〟とかゆった？　あと〝お坊ちゃん〟ってなんなのそれ？」

「言ってるのわたしじゃないです。オバちゃんですよ」

「だからおれはお坊ちゃんとかじゃないの」

「マスターかお坊ちゃんかどうかはどうでもいいですけど。――それってもう手に入らないんですか？」

「ゆったのおまえだろ。――うーん。こういうのはなー。なんかのおまけで、ちょびっと入ってているようなもんだからなー。どうだろうなー」

「じゃあ。今日のマスターの仕事は、それを仕入れてくることで決まりですね」

「勝手に決めるな」

「でもそれ。すっごいですよ。やみつきになるですよ。人気商品まちがいなしですよ！　みんなも絶対楽しんでくれるですよ！」

「そ、そうかな……？」

「そうです！　ぜったいです！　マスターはやっぱりスゴイですよ！　信じて待ってますから！　絶対仕入れてきてくださいね！　大量に！」

ちょっと、いいように操縦されているような気も、しないでもなかったが……。

俺は「ぷちぷちシート」を大量入手するために、異世界へと向かった。

――あ。ちがった。現代世界へと向かった。

◇

いったいどこでアレを大量に入手すればいいのか。

青い空のもと、俺はぼんやりと歩いていた。

向こうの世界も、こちらの世界も、空だけは一緒だ。

どこまでも青く、青く、青く――。そして青く――。

ああいかん。

空見て歩いているとリープしちまう。向こうに戻ってしまう。

とりあえずスーパーには置いてあるのを見たことがないので、ホームセンターに向かうことにした。いつものホームセンターでなく、バスに乗って行く、隣町のだいぶ大きなところである。

到着すると、賑(にぎ)わいっぷりに仰天(ぎょうてん)した。

すごい人出だ。

いつものホームセンターと違って、一軒だけで店が建っているのでなくて――。

ここは巨大駐車場を中心にして、飲食店やスーパーや映画館や家電量販店まで、周囲にあった。

しかし、なんでこんなに人がいるのか？　今日なんかあるのか？

そう考えた俺は、ふと、思いあたった。

そういや今日はゴールデンウィークの最終日とかだった。

そりゃ混むわ。

しかしすっかり忘れていた。

向こうの世界にはどうも「曜日」さえないっぽい。月とか日とか、暦という概念や制度があるのかもよくわからない。

まあ皆に聞けばわかるのだろうが、特に不自由しないので、なんとなく、やらないまんま。

向こうの世界のゆったりと流れるスローライフ時間に浸っていると、今日やらなくていいことは今日やらない、と、なってしまう。

そういや「一ムルグ」ってのだけは、こんど聞いておかないとなー。裏通りのおばあさんに店を借りているわけだが。それが何日にあたるのか知らないままだと、家賃滞納をやらかすはめになってしまう。こころよく店を貸してくれた人のいいおばあさんの悲しむ顔は、見たくない。悲しませるつもりもまったくない。

いつものホームセンターの数倍はあるような店舗に足を踏み入れる。

品の並びがまったく違って混乱するも……。

まあ。なにを急ぐわけでもなし。ぶらぶらと見て回った。

うん。わかってる。見取り図を探して見当をつけるとか、売場の人をつかまえて聞いてみるとかすれば、一発で目的地にナビゲートしてもらえるのは、わかってる。

だけどそれは時間に追われている人間のやりかただ。

俺は異世界式でやる。

……この場合の〝異世界〟というのは、もちろん、向こうのスローライフ世界のことだ。

適当に歩いて〝偶然〟見つかることを期待して、俺はぶらぶらとホームセンターの店内を歩いた。

「あ。お金持ちさんだー」

ふと、そんな声が聞こえてきて、俺は振り返った。

女の子が俺を見ている。

たぶん女子高生。だいぶ可愛い。

なんか知り合いのような目で見つめられているが、
俺は、どこかで会ったっけ？　と考えるばかり。

女子高生に知り合いなんて――。

「あれ？　わかりませんか？　ほら。質屋の――」

女の子は自分の黒髪を、右手と左手、それぞれの手で、左右二つのお下げの形に握って――。

「――あー。あー。あー」

俺は思いだしていた。質屋のじいさんの孫娘だ。砂金を日本円に替えるときに、ちょっとだけ会話を交わした。

店の奥の茶の間で見かけたときには、気を抜いた普段着で、庶民派な感じの女の子だったが、いま目の前にいるのはおしゃれな女子高生だったもので、一瞬、わからなかったわけだ。

「お金持ちさんはよしてくれよ」

俺は笑った。

「だめですか？　私。お金持ちさん。好きなんですけど」

「おいおい」

現金なジョークをぶっ放す子だ。俺は苦笑した。

「あ。いえ。そういう意味じゃなくて――」

女子高生はちょっと照れた顔をする。

「お金を持っている人って、余裕があるじゃないですか。うちは質屋ですから、色々な人を見ますけど。お金のない人は切羽詰まっていて心にも余裕がなくて、これはもっと高く買っても

らえるはずだー、って、見苦しいくらいで。でもお金持ちさんたちは、そういうところがないんです。みんなさらりと飄々としていて、気持ちがいい人たちばかりなんですよ」

「へー」

俺は目を丸くしていた。女子高生の口から人生論がでてきた。しかも聞くに値する内容だ。

「あ。ごめんなさい。いきなり重たい話でしたね。私。よく重たい女って言われるんです」

女子高生は、またなんか変なことを言った。ぶっ放した。

「あ。いえ。――いまのこれも、そういう意味じゃなくて」

自分で気づいて、女子高生はまた赤くなった。

面白い子だ。

「あ、そうだ。また店に来ていただけますか？」

「まあそのうち」

資本金は一定ペースで減っている。尽きる前には、また日本円を手に入れる手段を探さないと。金貨や銀貨はいっぱい貯まっているので、古銭を売る先を探す場所を探してもいいのだが……。向こうの世界で〝砂金〟と交換して、それをあの質屋に持ちこめばいいわけで。

「おじいちゃんが言ってましたて。あの砂金、目利きしたときよりも、純度が高かったから、グラム二〇〇〇でなくて三〇〇〇払わないといけなかった。……って、ぶつぶつと。毎日三回も。年寄りいやですね。そう思いません？」

「はあ」

「お金持ちさんにもう一度店に来ていただけたら、おじいちゃんも静かになると思うんです。もう一〇〇万円お渡しできれば」

「ああ。いいよべつに」

　俺は言った。

　あのじいさんにも得してもらいたい。笑顔でなくて、この場合、しかめっつらになるのだろうが。

「おじいちゃん静かにさせたいんですけど？」

「じゃあその一〇〇万円は君のお小遣いってことで。もらっておいてよ」

「だめですよそんなの。惚れちゃいますよ？」

「あっはっは」

　女子高生のジョークに俺は笑った。いまのはけっこう効いた。ツボに入った。

「でも砂金はまた持っていかせてもらうと思うよ。俺も仕入れなきゃならないし。現金は必要だし」

「待ってます」

　彼女は笑った。うちのバカエルフと遜色のない笑顔で笑った。

　こっちの世界にも、向こうの世界の笑顔を浮かべられる娘はいるんだなー。

こっちの世界も意外とスゴイ。

「ところでなにか探してたんですか？」

「ん？　まあね」

「お手伝いしますよ。私。この店。よく来るんで。だいたい知ってます」

「てゆうか。なんで俺が探しているってわかるの？」

「五分前から見ていましたから。きょろきょろしてたの。知ってます」

「俺はストーキングされていたわけか」

俺は笑った。この娘にはまったくかなわないと思った。

「ほら……。名前は、なんていうのか知らないんだけど……。ビニールのシートで、ぷちぷちのついているやつで……。俺は〝ぷちぷちシート〟って呼んでるんだけど。そういうの。あるじゃん？」

「ええ、はい！　わかります！　わかります！　ぷちぷちするやつですね！　ぷちぷち！」

「うん。そう。あれ。——あれをまとまった量、欲しいんだけど。ホームセンターならあるかなー、と思って」

「まとまった量って、どのくらいですか？」

「なるべくたくさんで」

「どのくらいのたくさんです？　一〇メートル？　五〇メートル？」

「メートル？」

なんか異様な単位を持ちだされて、俺はぎょっとした。

「こっちにあります。私。知ってます。――こっちです！」

あっと思う間もなく、手を握られて、引っぱって行かれた。

小指と薬指だけ、ぎゅっと握られて、ちょっと痛かった。
◇

連れて行かれた先は、梱包材（こんぽうざい）のコーナーだった。

「こ、これが……ぷちぷちシート？」

なんというかその物体は、〝シート〟ではなくて〝ロール〟だった。

商品名は、〝エアークッション〟とか〝包装緩衝材（かんしょうざい）〟とか書かれている。

幅一メートルぐらいのぷちぷちシートが、長さ一〇メートルとか、いちばん大きなものでは四二メートルとかいう単位で売られている。四二メートルでも一七九〇円とかいう値段。

「お金持ちさんの所持金だと、四・三キロメートルぐらい買えちゃいますけど」

「いや買わない買わない。……この一〇メートルぐらいので充分なんじゃないかな」

「どうせなら四二メートルいきましょう。あ。一メートル分けてください。私もアレ。好きなんで」

四二メートルのロールを買わされた。

重さは簡単に抱えて運べる程度だが、体積がすごい。

今日、向こうに持って行ける物は、これ一個だけになりそうだ。

「じゃあ、お金持ちさん、またお店にきてくださいねー」

指先だけを小さく振ってくる女子高生とお別れして、俺は店を出た。

巨大なロールを抱えて歩きながら、向こうの世界に迷いこむための路地を探して、青空のもとを歩いた。

ああ。空が青い。

◇

「戻ったぞー」

「うおっ！　マスター！　なんなんですかそれはーっ⁉」

案(あん)の定(じょう)、バカエルフは、巨大なロールを見て驚いていた。

そうだ。驚け。

俺だって驚いたんだ。

おまえが驚かなかったら俺の立場がない。

「うはははは。ガキども連れてこい。洗脳するぞ！」

飴(あめ)ちゃん無料配布でガキどもを呼ぶ。

ぷちぷちシートを三〇センチ四方ばかり渡して、その楽しさを教えこむ。

子供が子供を呼び、さらにその子供がこんどは親のところに持っていって、親までぷちぷちシートに夢中になった。

店の前は大混雑。

「俺も私も僕もあたいもワシも」と、老若男女（ろうにゃくなんにょ）の区別なく、手が差し出されてくる。シートを切り分けて渡すのにも一苦労だ。ぜんぜん追いつかない。

皆で潰す。

ぷちぷち。

ぷちぷちぷち。

ぷちぷちぷちぷち。

ぷちぷちぷちぷちぷち。

ぷちぷちぷちぷちぷちぷち。

ぷちぷちぷちぷちぷちぷちぷち。

――と、ひたすら、一心不乱になって、シートを潰す。

夕方くらいになって、なんと、四一メートルもあったロールはすっかりなくなってしまった。

皆は満足しきった顔になって、引きあげていった。

俺とバカエルフは、すっかり疲れ切って、店の床の上にへたり込んでいた。

「……ねえマスター」

「……なんだー？」

バカエルフの疲れ切った声に、俺は疲れ切った声で応じた。

「……お金、貰っていませんでしたよね？」

「……あー？」

言われて、気づいた。

そういえば、そうだった。

ま。いっかー。

みんな、あんなに笑顔だったし。

第10話　「エルフの娘の日当」

「なあ。おい」

店の仕事もだいたい終わって、夕食時間——。

床の板の上に座りこんで、二人で差し向かいになりながら、俺たちは夕食をとっていた。

「なんですか。マスター」

「おまえさ。本当に給料。そいつでいいの？」

いまあいつの食っているのはシャケの中骨缶。こいつは意外と通なものが好きなやつだ。

「もちろんですよ～」

エルフの娘は上機嫌で答える。

「なんか俺。ブラック企業の経営者な気がしてきて仕方がないんだが……」

「ブラックってなんですかー？」

「ええと。なんだろうな？　ええと……、つまり、従業員に損をさせて、会社が得をするようなこと？」

この異世界における俺の目的は、皆が笑顔になること。自分だけが儲けて勝ち抜けをすることでは、決してない。

「その〝かいしゃ〟とゆーのはよくわかりませんが。マスターはわたしに損をさせたいのですか？」

きゅるんと、エルフの娘は首を傾げる。

「いやそのつもりはないが……。だから給料払うって言ってるだろ」

「給料頂いたら、わたし、どうせ缶詰買うですよ？　一日に食べる缶詰の分だけ頂ければよいです。三食ごとに三缶で、九個頂ければ、一日の食事にはそれで充分です。必要以上を森から得ようとするのはエルフの教えでは悪とされます」

「ここ森じゃないし。おまえエルフの里を追放されて破門されてるし」

エルフの娘はしれっと言った。

「なんのことでしょう。ぜんっぜんっ覚えてないですねー」

こいつは両親が人間の偽エルフで、肉が好きなあまりに、エルフの森から追い出されたダメエルフなのだった。

エルフという種族は、やはり野菜と果実と山菜で生きなければならないらしい。一杯のフルーツジュースから朝がはじまるのが正当派エルフというものらしい。

肉をがっふがっふ食うのは落第エルフだ。

「ああ。なるほど」

俺はうなずいた。

「なんでしょう？」

エルフの娘は、きゅるんと首を傾げる。金髪がさらりと流れる。無駄に可愛らしい仕草だ。

「いや。それで九個だったわけか」

「なにがです？」

「おまえ最初に缶詰九個要求してきたじゃん」

「ええしましたね」

「じゃあいまおまえ七個じゃん。足りないんじゃないか？　お腹すかないか？」

「なんでマスター急に優しいんですか？　なんかマスターじゃないっぽいんですけど」

「おまえは俺のことをいったいなんだと思っていたんだ？」

「外道(げどう)なマスター……でしょうか？」

きゅるんと首を傾げて、エルフの娘は可愛らしく言う。

やっぱりこいつは「バカエルフ」で充分だ。

「それに足りない分は、マスターのいないときに店のお菓子食べてるから平気ですよ」

「食うな！」

「食わないとまた店の中で行き倒れてしまいます」

「おまえ燃費悪すぎ！　だいたいいつ食ってた!?」

「ほぼ毎日ですね。マスターはお金の勘定(かんじょう)もろくにできないバカなので、意外と気づかないので楽勝です」

「そ、そうだったのか……」

いや。まあ。実際。料金箱の中身はあんまり気にしていなかったが……。

砂金ならともかく、こっちの通貨は金貨も銀貨も銅貨も、どれもあの質屋では日本円に換金できないし。

「毎日毎日、お菓子二袋分のお金が足りなくても気づかないですよね。わたしがお金をちょろまかしても気がつかないんじゃないですか？」

「いや。おまえはしていない」

「なんでそうだとわかるんですか？」

「なぜならおまえはバカだからだ。本当にちょろまかすやつは、自分からバラすようなことはしないからだ。安心させといてこっそりやるのが、小利口なやつのやり口だ」

「えへへ。そんなに褒めてもなにも出ませんよ？」

「褒めてない。褒めてない」

俺は笑った。

「とにかく。もう勝手に食うなよ？　こっそり食うなよ？」

「ではこれからはこっそり食べずに、マスターのいるときに堂々と食べます」

「堂々もだめだ。給料については検討する。だから禁止。お菓子禁止」

「えー？　あちらの世界のお菓子は、どれも、しょっぱくておいしいのですよー」

「しょっぱい？」

「マスターが、〝ぽてちー〟とか呼んでるあのお菓子です」

「ああ」

まあ、たしかに塩味だわな。

そういえば、この世界って、塩が貴重品だったんだっけ。砂糖も貴重品だったんだっけ。だとすると、〝しょっぱい〟と〝甘い〟は、どちらもおいしい味となるのか。

「あのお菓子はおまえのために持ってきてんじゃねえぞ。子供用だ」

お菓子は缶詰と比べると、何倍もかさばってしまうのだ。

「積載量」には色々な尺度があり、「重さ」もそうだが「体積」も重要なファクターであった。たとえばいくら軽いからといって、「発泡スチロール」などはそれほどの量を持ってこれない。缶詰一個はバックパックの底にしまえる。だがポテチーの袋は、缶詰の何倍も体積を食う。

あとあれは子供に人気なのだ。

バカエルフのために持ってきているわけではないのだ。

いちど運搬方法を本格的に検討してみる必要があるだろうか。

たとえばカートを押してこちらに来れるかどうか、実験してみるとか……。

手押しのカートだとどうなのか。引っぱって歩く、ころころカートだとどうなのか。あるいはもっと大きな——たとえば「リヤカー」みたいなものを引いてこちらにくることが出来るなら、一度に、かなりの量を持ちこめるのだが……。

現在は登山用の大きなバックパックを背負っている。一度に運べる量は、小さな冷蔵庫程度の体積に限定されている。

　重量的には一〇〇キロぐらいまでならなんとか背負えないこともないだろうが、たいていは体積のほうで許容量を超えてしまう。

「ところでマスターはやはりバカだったのですね」

「いきなりドヤ顔だな。――とりあえず根拠を言ってみろ」

「わたし最近、簡単な文字ならなんとなく読めるようになってきたのです。あれ、袋には、〝ぽてとちっぷす〟って書いてありますよね」

「まあな」

「マスターって自分の世界の文字も読めなかったんですね」

「なんでそうなる。バカエルフ。あれは略称がポテチーなんだよ」

「ええ。そういうことにしておきましょう」

　バカエルフのやつは、またドヤ顔になった。

　俺は無言で店の隅の在庫品のところに行った。

　このあいだ持ってきた缶詰で、バカエルフ向けの〝おみやげ〟と思って、持ってきた物があった。

　……が。

　買ったときには、ナイスアイデア！　――と、はしゃいでいたのだが。

時間が経つと自分でも反省して、さすがにそれはあんまりだろうと、思い直していたものだった。

よって、その〝おみやげ〟は、まだ渡していない。

……が。

「ところで日当として増やす缶詰二個の話なんだが……」

俺は缶詰を持ち帰った。

バカエルフの前にいくつも置いた。

「どれがいい？　どれでも好きなの選んでいいぞ」

これまで食べていない種類の缶詰に、バカエルフは興味津々(しんしん)だ。

「獣の絵のついているこれは、獣の肉ですか？」

「まあそうだろうな」

「これはほかのより大きいですけど」

「一個は一個だな」

バカエルフがまっさきに食いついたのは、他より圧倒的に大きく背の高い缶詰だった。

食い意地の張ってるこいつなら、きっと大きさに食いつくと思った。

その缶詰に書かれた〝獣の絵〟というのは、犬の絵だ。わんちゃんの絵だ。

「ようけんよう、とか、せいけんよう、とか書いてあるのは、これは、なんのことでしょう？」

ほー。それ読めるんだ。

読めるようになってきたっていうのは、本当なんだ。

「それは中味が若者向けか大人向けかってことだな」

俺はそう答えた。

うん。嘘は言ってない。

「ならわたしは〝ようけんよう〟のほうでしょうか？」

俺の数倍は長く生きているエルフの娘は、まだ「若者」のつもりらしい。

まあ、ぱっと見の外見だと一五歳ぐらいに見えるが。合法ロリってやつだが。

「よく知らんが……、脂質とかタンパク質とかの分量が違うだけで、たいして変わらないと思うぞ」

「そうですよ！　わたし！　いいことを思いつきました！　二個いただけるのですから、これはどちらももらってしまえばいいんです！　わたしって頭いいですねー！」

「うん」

俺はバカエルフに同意した。激しく同意だった。

「ではさっそく食べてみます！」

ぱっかん、と、バカエルフは缶詰を開いた。

最初は「幼犬用」のほうからいった。

「おっふ！　肉味がします！　すごい肉味です！」

がっふがっふ、と、バカエルフは缶詰を食う。

CMで見るワンコにも負けない食いっぷりだ。

「おいしいです！　あとなにか穀物（こくもつ）もすこし入っていて――おおう！　これは完全食ですね！　これだけ食べていても！　よいのですねー!?」

「ああ。栄養バランスは完璧（かんぺき）だそうだ」

俺はうなずいた。

エルフの体と犬の体で、そうたいした違いもないだろう。

人間が食べてもいいと聞いたことがある。自分は食いたいとは思わないが。

「おいひ！　おいひぃぃィ！　おっふ！　まふふぁー！　おいひーれふっ！　おひひふえほほわ！　ほわあぁ！」

「食うか喋（しゃべ）るか、どっちかにしろ」

「……」

バカエルフは無言になった。喋るほうを捨てたらしい。

いやー。しかしー。

これはー。どうなんだろー？

まあ。喜んでいるんだし……。

でもー。どうなんだろー？

ずっと無言で、がっふがっふと食い続けていたバカエルフが、急に俺の腕を、つんつんとつついてきた。

「マスター。マスター」

お皿に、ちょびっと、一口分だけ——ドッグフードが盛られている。

「マスターの分です。これは大変に美味(おい)しいので」

「いらん。食え」

俺は言った。もちろんそう言った。絶対にそう言った。

エルフの娘は、嬉しそうに目を細めると、今度は遠慮(えんりょ)なく「ひとりじめ」にかかった。

いいのかなー？　いいのかなー？　いいのかなー？

まあ。いっか。

第11話「空き缶無双」

「あー。くったくった」

「ごちそーさまでした」

俺とバカエルフは、店の板の間の上で差し向かいになって、昼飯を食い終わった。

バカエルフは、食べる前と食べ終わってからと、かならず両手を合わせる。

俺にはそういう習慣がないので、その〇・五秒ぐらい、なんか気まずくなる。俺もやったほうがいいのだろーか?

しかし、なんか癪に障るので、ぜったい、やんない。バカエルフの真似をするのは、なんか悔しい。

あと、バカエルフと呼ぶのはあんまりかなー? と、ごく希に、本当にたまに、ものすごーく、低い確率で、思わないこともない。

だがこいつも俺のことをバカマスターとか呼んでくるし。おあいこだし。だいたい、いつもこいつはバカなことをやっているわけで、やっぱりバカエルフでいいのであった。

「舐めるな」

俺はバカエルフの頭を、ぱしっとはたいた。

こいつ。缶詰に残った汁をぺろぺろと舐めてた。

ほら。やっぱ。バカエルフだ。

「ええっ? もったいないですよー?」

「そりゃすこしは勿体ないかもしれないが、それ以前に行儀が悪い。おまえ。食前と食後のお祈りはするくせに、なんでそんなにマナーがなってないんだ？」

「マナーってなんですか？」

　ほらやっぱりバカエルフだ。

「汁が勿体ないというなら、たとえば食パンにつけて吸わせて食べるとか。そうやって工夫しろ。とにかくダイレクトにぺろぺろと舐めるな。それ禁止」

「ではその〝食パン〟というのも、こんど持ってきてくださいねー。なんだか美味しそうな響きです。期待できます」

「おまえは本当に食うことばかりだな」

「生き物の一生に、食う寝る以外になにがあるというのです。そしてエルフも生き物です」

「おまえいま高尚なことゆったつもり？　だめだな。ぜんぜんだな。まったくだな」

「あ。いらっしゃーい」

「いらっしゃいませー」

　俺とバカエルフは、入ってきたお客さんに、笑顔を向けた。

　いがみ合っていても一瞬で笑顔に変わる。

　本日のお客さん第一号は、ドワーフの男性だった。

　今日は朝から一人もお客さんが来ていなかったから、昼食後のこの人が、本日最初のお客さんだ。

この街には、人間（ヒューマン）以外にも、何種類かの亜人（デミヒューマン）と呼ばれる人たちが住んでいた。

エルフがいたのでドワーフがいても、俺はまったく驚かない。

ドワーフは思っていた通りの姿形をしていた。

ずんぐりした体型。身長は低い。手足も短い。でも物凄（ものすご）い筋肉質。そして髭面（ひげづら）。

性格は頑固で質実。いつもむっつり顔で押し黙っている。

なにを考えているのか、ちょっとわからない。

俺のCマート店主としての、ここ最近の目標は、「すべてのお客さんに笑っていただく」になっているのだが……。

このドワーフのオッサンが、いったい、どうすれば笑うのか――。見当もつかない。

いや……？　そもそもこれは〝オッサン〟なのか？

見た目通りの歳（とし）と思っていいのか？

オッサンに見えるが実は子供とか、ヒゲが生えているが、じつは〝女性〟なんていうことは……？

「鍛冶師（かじし）さんは男性ですよ。八四歳です。ドワーフの方の寿命（じゅみょう）は人間の二倍くらいですから、人間でいったら四二歳くらいですね。働き盛りですよ」

「へー」

俺はうなずきかけ――。気づいて、バカエルフに言う。

「――てゆうか。なんで俺の考えていることがわかる？」

「バカマスターの考えることぐらい容易に推察できますよ」

「くそう」

容易に読まれてしまったのは事実なので、言い返せない。

「なんだ店主。俺に興味があるのか？」

「あ。いえ別に」

「俺はお前には興味などないぞ。だが店の品物には興味がある」

「は、はい。そうですね」

「ここには珍しい物がたくさんある。俺は鍛冶の役に立つ品がないか自分の目で見ている。俺が信頼するのは自分の目だけだからな」

「え、ええ、どうぞご自由に」

ドワーフの鍛冶師は、さすがドワーフといった感じ。言葉に潤滑油(じゅんかつゆ)が一ミリリットルも含まれていない。

べつに怒っているわけではなくて、ただ事実を口にしているだけなのだろうが……。

そのぶっきらぼうな感じが、現代日本人としては、なんかコワい。

頑固親父(おやじ)。って感じがする。年齢も人間換算四二歳であれば、頑固親父ドセンターだろう。

「これはハサミか……」

ドワーフはハサミに注目している。ちゃきちゃきとやっている。

しかしハサミはこちらの世界にも存在する。

なんか手作りのモノスゲー高級品っぽいものが、モノスゲー安値で売っていて、現代日本の品物は、たとえ百均ショップの品であったとしても、質と値段において、まったく太刀打ちできない。

よって不人気。売れ残り続けている。もうハサミは持ってこない。

「これはなんだ。〝ほちきす〟……とは？」

ドワーフはホチキスに注目している。

「ここを押すのか？」

使いかたがわからないみたいで――。開いちゃって、自分の手のひらに押しあてて――。

ああっ！　押したああ‼

針が指に刺さった。

痛って！　痛って！　痛って！　――と、手を振って、そのあとで、おほん、とか大きな咳払いをして――。

何事もなかったかのように、ホチキスを棚に戻す。

そうして別の品物を見はじめたドワーフだが、ゆうに、二、三分も経ってから――。

「おい店主」

「はいなんでしょう？」

「鉄をあれほど細く加工して針にするとは、アレを作った鍛冶師は、なかなかの腕前だな」

「恐れいります」

アレと言うのは、三分前に手を出して、痛った痛った痛った！　――とやってたアレだろう。ホチキスの針のことだろう。

あれは鍛冶師が作ったんじゃなくて、たぶん工場の機械で大量生産されているはずだが……。

まあ詳しく知らないし、よくわからないので、そういうことにしておく。

俺はドワーフが品物を見るのに任せて、昼飯の片付けをはじめた。

エルフの娘も動こうとするから、お客さんのところに行け、と手で追い払う。

この鍛冶屋のドワーフ。やっぱりちょっと苦手。ちょっとラブリーなところもないこともないのだが……。

やっぱりなんとなく苦手。

俺は出しっぱなしになっていた、二人分の缶詰を片付けにかかった。

空き缶はコンビニ袋にまとめる。こっちに来てから食い散らかした缶詰やら、あれやこれやのゴミが、だいぶ溜まってきている。いちばん大きなコンビニ袋で三つぐらい、店の隅に置かれている。

みっともいいものではない。

だがどうしよう？

ゴミ収集の日とかは……、ないわなー。異世界だしなー。

向こうの世界に持っていって処分するしかないだろうか。

だがしかし……。

朝、出勤してゆくお父さんよろしく――。ゴミ袋を両手に提げて、あちらの世界に向かう自分を想像すると、げっそりとなった。

嫌すぎる……。

「おい店主」

ドスの利いたドワーフの声がかかった。

俺はびっくりして、ゴミを片付ける手を止めた。

いつでもなんでもどんなときでも、殺しにかかるような低音を出すのは、勘弁してほしい。

「な、なんでしょう？」

「それはなんだ？」

「それ……と言いますと？」

俺は顔をあげた。

あたりをキョロキョロと見やる。ドワーフの頑固オヤジさんが興味を惹くようなものなんて……、どこだ？

「それだ」

「はい？」

「だから。手にしているそれだ」

「はい？」

いま俺が手に持っているのはコンビニ袋で――。中に入っているのは空き缶だけで――。

「いまお前は、それを捨てようとしていると、俺にはそう見えている」

「その通りですが？　ああ――そこらに捨てたりはしませんよ」

俺は慌てて言った。ゴミの始末くらいは、きちんとできる。

「それは売らんのか？」

「ああ。缶詰でしたら、そこにたくさん――」

俺は缶詰コーナーを示した。

缶詰が山積みとなっている。

自分たちの食事にするほかに、たくさん、売り物として置いてある。フルーツ缶は甘いので

お菓子扱い。魚の缶詰は珍しい肉として珍味扱い。

またアンチョビなど、特に塩辛(しおから)いものは、〝調味料〟として買われてゆく。

そっち方面で一番人気なのは「スパム缶」だ。スパムというのは、これは商品名で、ものす

ご～く塩辛い豚肉のソーセージみたいな缶詰のことだ。日本向けの減塩タイプではなくて、わざわざ輸入版を持ってきている。

「中味などいらん。みんな塩辛すぎる」

「甘いのもありますよ。ミカン缶。桃缶。ほかにも……」

「ええい！　その〝あきかん〟とやらを、売るのか売らんのか！　はっきりしろ！　俺は最初からそれが目当てで来ている！」

えー？　ハサミとかホチキスとか見てたじゃーん？

俺はショックから瞬間的に立ち直った。

ようやく話がわかってきたので、ドワーフに笑顔を向ける。

「ええと……。この空き缶を買いたいと、そういう話でいいですか？」

「そうだ。はじめからそう言っている」

言ってない。言ってない。

ツンデレ頑固親父は、ツンデレ系のボディランゲージでしか、それを言ってない。

「うーん……」

俺は考えこんだ。

「売らんのか？」

「うーん……」

腕組みをほどかずに、俺が悩んでいると——。

「そうか。ならば……、仕方がないな……」

ドワーフは肩を落として、とぼとぼと店を出て行こうと——。

「マスター。鍛治師さん帰っちゃいますよ？」

あ？　えっ⁉

早っ！　——折れるの早っ！　マッハで折れてた⁉

「え？　あっ——ちょっ！　待った待った！　違うんです！　売らないなんて言ってませ
ん！」

俺はドワーフの前に回りこんだ。

「……ほんとか？」

ドワーフは口の端を歪めて笑いを浮かべた。〝笑い〟っていうより〝嗤い〟ってカンジだが
——。

ああ。でもまあ……。

俺の目標は、達成された？

ドワーフのオッサンも、いま笑った？

「値段が決まってないんですよ。ゴミ……じゃなくて、本来の用途の副産物で出るものなんで。

ほ、ほら——鍛治屋だって、炉を燃やしたら灰が出るでしょう。その灰が欲しいって人がいた

ら、困りませんか?」

「灰は農家の連中が取りにくる。ぜんぶやってる」

「タダで?」

「もちろんだ」

「じゃあ。うちもタダでお渡ししましょう」

「それはダメだ」

ドワーフは首を横に振った。

でたよ頑固オヤジ。

いまおまえ、自分の口で、灰はタダでやってるって言ったろ?

「空き缶を何に使うのかは知りませんが。こちらにとっては利用価値はゼロです。むしろ処分に困っていたぐらいで、持っていってくれるなら、こちらがお金を払ってもいいくらいですよ」

これは本当。

現代日本においては、ゴミを引き取ってもらうためにお金を払うのは、だんだん常識になりつつある。

「いいや。それでは借りを作ることになる。借りなど作らん」

ドワーフは腕組みをしてふんぞり返った。

出たよ頑固オヤジ理論。

「いいから値段をつけろ。値段に見合えば買う。見合わないと思えば諦める」

「値段をつけろとおっしゃるのなら、〝タダ〟というのが俺の値段ですね。それ以上、銅貨一枚たりともまかりません。ええ。ぜったいにまけるつもりはないですね」

俺も対抗して、腕組みをしてふんぞり返った。

「マスターも鍛冶師さんも、わけわかんないですよ。自分がなにを言ってるかわかってますかー？　大丈夫ですかー？」

「だまれバカエルフ。男の戦いに口を挟むな」

「そうだ。女にはわからん」

「わたし。女なので、それはわかりませんがー。べつの方法があることはわかるんですよー。女ですから」

エルフの娘は話をはじめた。

「ええと……、こうしたらどうでしょう？　まずうちの店で、うちで出した空き缶と、よそのお客さんからの空き缶を、ぜんぶまとめて回収します」

「うん？　ああそうか。お客さんのゴ……、空き缶回収も、うちがやるわけだな？」

そういやゴミ回収も、当然、店の仕事のうちになる。

「鍛冶屋さんのほうは、その空き缶を預かっていって――ああ、〝買う〟んじゃないんですよ。

いったん預かるだけです」

「ふむ」

「その鉄で打った鉄製品を、いくらかうちに卸してくれたら、いいんじゃないですか？」

「ふむ。まったく構わんぞ」

「ん？　なんだ？　空き缶って……、鍛冶の材料に使うわけか？」

俺はそう聞いた。初耳だった。

「そうだ」

ドワーフは腕組みをしたまま、偉そうにうなずく。

「ああほら。やっぱり気づいてなかったー」

バカエルフにまで言われてしまった。

「これは鉄だ。しかも良質の鉄だ」

ドワーフはコンビニ袋のなかに手をつっこんで、空き缶の一つを手に取った。

あー……。

サンマ缶の甘辛タレが、べったりと手についちゃって――。

だがドワーフはまるで気にせず、まったく気づきもしない感じで――良い材料に出会った職人の物凄い集中力で、缶だけを見つめている。

「この鉄は純度がおそろしく高い。俺の見立てでは、おそらく、九九の後ろに、九がいくつか付くような純度のはずだ。普通は炭素を減らすのに苦労するが、この鉄には炭素を加えるだけで、最高の鋼ができる！　そのはずだ……。できるはずだ……！」

　ドワーフは、ぐしゃっと缶詰を握り潰す。

「できるんだあッ‼」

「うわあびっくりしたぁ！」

　急にドワーフが、缶詰を握り潰しながら、くわっと目を見開いて、大声で叫ぶもので──。

　俺は飛んできた唾を避けるのに必死になった。

「そ、そうなんだ……。か、鍛冶の材料になるわけね……、空き缶がね……、へ、へ──、へ──、へ──」

「マスター知らずに突っ張ってたんですか？」

「いやー。まあー。なんとなくー。成り行きでー」

「マスターは、ご自分が空き缶の分に見合うと納得するだけの鉄製品を頂いて、それを店に並べればいいんですよ。鍛冶師さんの刃物や道具は街でも人気ですから、うちでもきっと大人気間違いなしですよ」

「なるほど」

　鍛冶師のハサミは見たことがある。あれを店に並べられるのか。悪くない。てゆうか。まず自分が一本持ちたいぐらいだ。

「よし。商談成立だな」

俺はドワーフの差し伸べてきた手を、ぎゅっと握り返した。

鍛冶師の手は革グローブか、というぐらい、ごつごつとしていた。

そして握力一トンあるんじゃねえの？　と思うくらい、力が強かった。

いてててててて。

◇

「ありがとうございましたー」

「またおこしくださーい」

店の前に立ち、ドワーフの鍛冶師を見送る。

空き缶を全部持って、歯を剝き出した〝笑顔〟を浮かべて帰って行くドワーフの、その後ろ姿を見送りながら――。

「やるじゃん」

俺は隣に立つエルフの娘を、肘で小突いた。

うまく話をまとめたのは、こいつだ。

こいつがいなければ、あの頑固オヤジと意地の張り合いで、なぜ空き缶を必要としているのかわからないまま、ケンカ別れに終わっていたかもしれない。

「殿方をうまく操縦するのが、いい女の条件ってもんです」

「おま。そーゆーこと言わなきゃ、いい女なんだけどな」

俺は笑った。エルフの娘も笑った。ドワーフも笑って帰っていった。

今日もCマートは笑顔で満ちていた。

第11.5話「空き缶無双」（鍛冶師ツンデレ美少女バージョン）

俺とバカエルフは、店の板の間の上で差し向かいになって、昼飯を食い終わった。

バカエルフは、食べる前と食べ終わってからと、かならず両手を合わせる。

俺にはそういう習慣がないので、その〇・五秒ぐらい、なんか気まずくなる。俺もやったほうがいいのだろーか？

しかし、なんか癪に障るので、ぜったい、やんない。バカエルフの真似をするのは、なんか悔しい。

あと、バカエルフと呼ぶのはあんまりかなー？　と、ごく希に、本当にたまに、ものすごーく、低い確率で、思わないこともない。

だがこいつも俺のことをバカマスターとか呼んでくるし。おあいこだし。だいたい、いつもこいつはバカなことをやっているわけで、やっぱりバカエルフでいいのであった。

「舐めるな」

俺はバカエルフの頭を、ぱしっとはたいた。

こいつ。缶詰に残った汁をぺろぺろと舐めてた。

ほら。やっぱ。バカエルフだ。

「ええっ？　もったいないですよー？」

「そりゃすこしは勿体ないかもしれないが、それ以前に行儀が悪い。おまえ。食前と食後のお祈りはするくせに、なんでそんなにマナーがなってないんだ？」

「マナーってなんですか？」

ああほらやっぱりバカエルフだ。

「汁が勿体ないというなら、たとえば食パンにつけて吸わせて食べるとか。そうやって工夫しろ。とにかくダイレクトにぺろぺろと舐めるな。それ禁止」

「ではその〝食パン〟というのも、こんど持ってきてくださいねー。なんだか美味しそうな響きです。期待できます」

「おまえは本当に食うことばかりだな」

「生き物の一生に、食う寝る以外になにがあると言うのです。そしてエルフも生き物です」

「おまえいま高尚なことゆったつもり？　だめだな。ぜんぜんだな。まったくだな」

「あ。いらっしゃーい」

「いらっしゃいませー」

俺とバカエルフは、入ってきたお客さんに、笑顔を向けた。

いがみ合っていても一瞬で笑顔に変わる。

俺は入ってきたお客さんをみて、おやっと思った。

今日は朝から一人もお客さんが来ていなかったから、昼食後のこの人が、本日最初のお客さんだ。

お客さんは、小柄な美少女だった。

すごく可愛(かわい)い女の子なのに、来ているのは飾り気も色気もまったくない作業着。

年の頃は十代の終わりぐらいだろうか。耳も尖ってないし、人間(ヒューマン)だろうから、見た目通りの年齢のはずだ。

美少女は、職人みたいな、むっつりとした顔つきで、店の品々に視線を向けていた。

俺のCマート店主としての、ここ最近の目標は、「すべてのお客さんに笑っていただく」になっているのだが……。

しかし、この美少女……。むっつりっぷりが半端(はんぱ)ない。

いったいどうすれば笑ってもらえるのか――。俺はちょっと見当がつかなかった。

(鍛冶師(かじし)ちゃんですよ)

バカエルフが小声で言う。

(鍛冶師?)

俺は訊き返した。

職人みたいだ――と思っていたら、本当に職人だった。

(店を継いで、あの歳(とし)ですけど、もう親方です)

単なる職人でもなかった。親方だった。

「なによ？　店主。あんた――あたしに興味があんの？」

「あ。いえ別に」

小声の話が聞こえてしまっていたらしい。

俺は曖昧に返事した。

「あたしはあんたなんかに興味はないわね。でも店の品物には興味があんの。ちょっと静かにしてくんない？　集中できないから」

「は、はい。そうですね」

俺は殊勝な顔になった。

なんでか直立不動になってしまう。

「ここには珍しい物がたくさんあるわよね。あたしは鍛冶の役に立つ品がないか自分の目で見てるわけ。あたしが信頼するのは自分の目だけだから」

「え、ええ、はい、そうですね。どうぞご自由にみていってください」

「言われなくてもそうするつもり。あんたバカ？」

「はい！　うちのマスターは、バカマスターなんです！」

自信を持って断定するバカエルフに、俺は肘鉄を見舞ってやった。

鍛冶師ちゃんは……見た目のむっつり具合から予想できる通りの〝ツン〟っぷりだった。

なんか。言葉で殺されてしまいそう。

　しかも怖いのが、彼女はべつに特別に怒っているわけではなくて、普段の物言いからして、そうなのだろうと、なんとなく透けて見えてしまうところ……。

　現代日本人の平均的男性として……。コワいコワい。ツン少女コワイ。

　バカエルフのほうが、バカなだけいい。

「これは……、ハサミ？」

　鍛冶師ちゃんはハサミに注目している。ちゃきちゃきとやっている。

　しかしハサミはこちらの世界にも存在する。

　なんか手作りのモノスゲー高級品っぽいものが、モノスゲー安値で売っていて、現代日本の品物は、たとえ百均ショップの品であったとしても、質と値段において、まったく太刀打ちできない。

　よって不人気。売れ残り続けている。もうハサミは持ってこない。

「これはなんだろ……。〝ほちきす〟……って？」

　こんどはホチキスに注目している。

「ここを押すのかしら？」

　使いかたがわからないみたいで――。開いちゃって、自分の手のひらに押しあてて――。

　ああっ！　押したああ‼

　針が指に刺さった。

痛って！　痛って！　痛って！　——と、手を振って、そのあとで、おほん、とか大きな咳払いをして——。

俺はバカエルフと二人で、直立不動で突っ立っていながら——顔をしかめていた。

いま自分の手まで痛かった！

ツン少女は針の刺さった指先を舐めながら、何事もなかったかのように、ホチキスを棚に戻した。

そうして別の品物を見はじめた彼女だった。

そして、ゆうに、二、三分も経ってから——。

「ねえ店主さん」

「はいなんでしょう？」

俺は即座に返事を返した。一秒でも遅れたらいけないと思った。

「鉄をあれほど細く加工して針にするって……、アレを作った鍛冶師、なかなかの腕前よね」

「は。ごもっともです。恐れいります」

アレと言うのは、三分前に手を出して、痛った痛った痛った！　——とやってたアレのことだろう。ホチキスの針のことだろう。

あれは鍛冶師が作ったんじゃなくて、たぶん工場の機械で大量生産されているはずだけど……。

まあ詳しく知らないし、よくわからないので、そういうことにしておく。

俺は彼女が品物を見るのに任せて、昼飯の片付けをはじめた。

バカエルフも動こうとするから、お客さんのところに行け、と手で追い払う。

この鍛冶師ちゃん。やっぱりちょっと苦手。ちょっとラブリーなところもないこともないのだが……。

やっぱりなんとなく苦手。

俺は出しっぱなしになっていた、二人分の缶詰を片付けにかかった。

空き缶はコンビニ袋にまとめる。こっちに来てから食い散らかした缶詰やら、あれやこれやのゴミが、だいぶ溜まってきている。いちばん大きなコンビニ袋で三つぐらい、店の隅に置かれている。

みっともいいものではない。

だがどうしよう？

ゴミ収集の日とかは……、ないわなー。異世界だしなー。

向こうの世界に持っていって処分するしかないだろうか。

だがしかし……。

朝、出勤してゆくお父さんよろしく――。ゴミ袋を両手に提げて、あちらの世界に向かう自分を想像すると、げっそりとなった。

嫌すぎる……。

「ねえ店主さん」

低い声が聞こえた。

俺はゴミを片付ける手を止めて、直立不動になった。

殺しにかかるような低音で呼ぶのは、勘弁(かんべん)してほしかった。

「な、なんでしょう?」

「それはなに?」

「それ……と言いますと?」

俺は顔をあげた。

あたりをキョロキョロと見やる。鍛冶師のツン美少女が興味を惹(ひ)くようなものなんて……、どこだ?

「それよ」

「はい?」

「だから。手にしているそれ! なんでわかんないの! さっきから言ってるのに! あなたバカ? バカなの?」

「はい?」

いま俺が手に持っているのはコンビニ袋で——。中に入っているのは空き缶だけで——。

「いまあなたは、それを捨てようとしているわよね？　あたしにはそう見えているんだけど」

「その通りですが？　ああ――そこらに捨てたりはしませんよ」

俺は慌てて言った。ゴミの始末くらいは、きちんとできる。

「それは売らないの？」

「ああ。缶詰でしたら、そこにたくさん――」

俺は缶詰コーナーを示した。

缶詰が山積みとなっている。

自分たちの食事にするほかに、たくさん、売り物として置いてある。フルーツ缶は甘いのでお菓子扱い。魚の缶詰は珍しい肉として珍味扱い。

またアンチョビなど、特に塩辛（しおから）いものは、〝調味料〟として買われてゆく。

そっち方面で一番人気なのは「スパム缶」だ。スパムというのは、これは商品名で、ものすご～く塩辛い豚肉のソーセージみたいな缶詰のことだ。日本向けの減塩タイプではなくて、わざわざ輸入版を持ってきている。

「中味なんていらないわよ。みんな塩辛すぎるもの」

「甘いのもありますよ。ミカン缶。桃缶。ほかにも……」

「あーっ！　もうっ！　その〝あきかん〟ってのを、売るのか売らないのか！　はっきりしてよ！　あたしは最初からそれが目当てで来ているんだから！」

えー？　ハサミとかホチキスとか見てたじゃーん？

俺はショックから瞬間的に立ち直った。

ようやく話がわかってきたので、彼女に笑顔を向ける。

「ええと……。この空き缶を買いたいと、そういう話でいいですか？」

「そうよ。はじめからそう言っているわよね」

言ってない。言ってない。

ツン少女は、まったくなんにも、そんなことは言ってない。

「うーん……」

俺は考えこんだ。

「売らないの？」

「うーん……」

「売って……くれないの？」

腕組みをほどかずに、俺が悩んでいると――。

「そうよね。じゃあ……、仕方がないわね……」

美少女はみるからに落ち込んで、肩を落として、とぼとぼと店を出て行こうと――。

「マスター。鍛冶師ちゃん、帰っちゃいますよ？」

あ？　えっ!?

早っ！　――折れるの早っ！　マッハで折れてた⁉

「え？　あっ――ちょっ！　待った待った！　違うんです！　売らないなんて言ってません！」

俺は美少女の前に回りこんだ。

「……ほんと？」

目の端に浮かんだ涙を指先で拭いながら、彼女は俺を見上げてきた。

俺がこくこくと、何度も何度も首を縦に振り続けていると――。

やがて、その顔に微笑が浮かんだ。

元が美少女なだけに、笑うと、ほんとにスゴい。

しばらく彼女の笑顔に魅入ってしまっていた俺だが――。

えーと……。

ああ。ええと。まあ……。

目標は……達成？

むっつりツン美少女も、笑ったことだし？

「でも値段が決まってないんですよ。これはゴミ……じゃなくて、本来の用途の副産物で出るものなんで。ほ、ほら――鍛冶屋だって、炉を燃やしたら灰が出るでしょう。その灰が欲しいって人がいたら、困りませんか？」

「灰は農家の連中が引き取りにくるわよ。ぜんぶあげてるわよ」

「タダで？」

「もちろんでしょ？　なんでカネ取るの？　あんたバカ？」

「じゃあ。うちもタダでお渡ししましょう」

「それはだめ」

鍛冶師（かじし）ちゃんは、首を横に振った。

でたよ頑固ツンデレ。

いまおまえ、自分の口で、灰はタダでやってるって言ったろ？

やらないのバカって言ったろ？

「空き缶を何に使うのかは知りませんが。こちらにとっては利用価値はゼロです。むしろ処分に困っていたぐらいで、持っていってくれるなら、こちらがお金を払ってもいいくらいですよ」

　これは本当。

現代日本においては、ゴミを引き取ってもらうためにお金を払うのは、だんだん常識になりつつある。

「いいえ。それじゃあんたに借りを作ることになるでしょ。借りなんて作らないわ。絶対に」

鍛冶師ちゃんは腕組みをしてふんぞり返る。

「あたしが可愛いからって、貸しとか作って……、バカっ！　信じらんない！」

そこ自覚あるんだ。

あと勝手にその先のストーリーを捏造しないでくれ。可愛いのは認めるが。

「いいから値段をつけなさいよ。値段に見合えば買うし。見合わないと思えば諦めるし」

「値段をつけろとおっしゃるのなら、〝タダ〟というのが俺の値段ですね。それ以上、銅貨一枚たりともまかりません。ええ。ぜったいにまけるつもりはないですね」

俺も対抗して、腕組みをしてふんぞり返った。

勝手に諦められて、とぼとぼと半泣きで帰られるのはまっぴらだ。

とにかくうちではこれは不要品だ。

不要品に値段を付けるのは、店主の誇りにかけて拒絶させてもらう。

「マスターも鍛冶師ちゃんも、わけわかんないですよ。自分がなにを言ってるかわかってますかー？　大丈夫ですかー？」

「だまれバカエルフ。男の戦いに口を挟むな」

「そうだ。女にはわかんないわよ」

「鍛冶師ちゃんも女の子ですよー。やっぱりエキサイトしてますねー」

エルフ娘は、ぽんっと、手を打ちあわせた。

その音を聞いた瞬間、なんか、俺たちは魔法にかかったように正気に返った。

「もっと他の方法で解決しましょう」

　エルフの娘は話をはじめる。

「こうすればどうでしょう？　まずうちの店で、うちで出した空き缶と、よそのお客さんからの空き缶を、ぜんぶまとめて回収します」

「うん？　ああそうか。お客さんのゴ……、空き缶回収も、うちがやるわけだな？」

　そういやゴミ回収も、当然、店の仕事のうちになる。

「鍛冶師ちゃんのほうは、その空き缶を預かっていって――ああ、〝買う〟んじゃないんですよ。いったん預かるだけです」

「うん」

「その鉄で打った鉄製品を、いくらかうちに卸してくれたら、いいんじゃないですか？」

「うん。ぜんぜん構わないけど？」

「ん？　なんだ？　空き缶って……、鍛冶の材料に使うわけか？」

　俺はそう聞いた。初耳だった。

「そうよ」

　鍛冶師ちゃんは腕組みをしたまま、偉そうにうなずいた。

「ああほら。やっぱり気づいてなかったー」

　バカエルフにまで言われてしまった。

「これは鉄よ。しかも良質の鉄よ」

彼女はコンビニ袋のなかに手をつっこんで、空き缶の一つを手に取った。

あー……。

サンマ缶の甘辛(あまから)タレが、べったりと手についちゃって――。

だが彼女はまるで気にせず、まったく気づきもしない感じで――良い材料に出会った職人の物凄(ものすご)い集中力で、缶だけを見つめている。

「この鉄は純度がおそろしく高いのよ。あたしの見立てでは……、おそらく、九九の後ろに、九がいくつか付くような純度のはず……。なんなのこの鉄？　鋼(はがね)を打つとき、普通は炭素を減らすのに苦労するんだけど、この鉄なら、炭素を加えるだけで、最高の鋼ができるわ……。そう！　そのはず！　そのはずなの……。あたしにはできるの！」

鍛冶師ちゃんは、ぐしゃっと缶詰を握り潰した。

――そして、痛い痛い痛いと、手を何度も振った。見ているこっちのが痛くなった。

「そ、そうなんだ……。か、鍛冶の材料になるわけね……、空き缶がね……、へ、へ――、へ――、へ――」

「マスター知らずに突っ張ってたんですか？」

「いやー。まあー。なんとなくー。成り行きでー」

「ばか？　あなた絶対、ばかでしょ？」

「マスターはバカなんですよー」

「バカゆーな！」

俺は美少女二人に怒鳴った。

「マスターは、ご自分が空き缶の分に見合うと納得するだけの鉄製品を頂いて、それを店に並べればいいんです。鍛冶師ちゃんの刃物や道具は街でも人気ですから——」

「そうよ」

ポニテの先を一振りして、彼女は誇らしげに胸を張る。

「——だから、うちでもきっと大人気間違いなしですよ」

「なるほど」

鍛冶師のハサミは見たことがある。あれを店に並べられるのか。悪くない。てゆうか。まず自分が一本持ちたいぐらいだ。

「商談成立ね？」

俺は鍛冶師ちゃんの差し伸べてきた手を、ぎゅっと握り返した。

彼女の手は、意外とごつごつしていて……。ああ。こんなに可愛くても、やっぱりプロの職人なんだ。親方なんだ。——と、俺はそう思った。

◇

「ありがとうございましたー」

「またおこしくださーい」

店の前に立ち、ポニーテールを見送った。

空き缶を全部持った彼女は、そこらの男なら惚れちゃうような素晴らしい笑顔を浮かべて帰っていった。

「やるじゃん」

俺は隣に立つエルフの娘を、肘で小突いた。

うまく話をまとめたのは、こいつだ。

こいつがいなければ、あの頑固ツンデレと意地の張り合いで、なぜ空き缶を必要としているのかわからないまま、ケンカ別れに終わっていたかもしれない。

「こーゆーの、内助の功ってゆーんですよ。いい女の条件ってもんです」

「おま。そーゆーこと言わなきゃ、いい女なんだけどな」

俺は笑った。エルフの娘も笑った。ツンデレ職人も笑って帰っていった。

今日もCマートは笑顔で満ちていた。

著者による解説

えー。この「鍛冶師ツンデレ美少女バージョン」は、小説家になろうにおける連載時に掲載されていたものです。

鍛冶師の親方が、「もし美少女だったら？」という、「IF」に基づいて書かれた、第11話の別バージョンです。

書籍化にあたりまして、連載時のライブ感を残すため、そのまま収録してあります。

著者はかねてから、「頑固親父はツンデレである」という持論を持っておりまして……。

展開やセリフはそのまま、キャラのみを「親父」→「美少女」に変えただけで、ほーら、見事なツンデレとなるでしょう？　ね？　ね？　ね？

この実験結果にご満足頂けた読者諸氏におかれましては、今後、頑固親父を見かけたなら「ツンデレだ!!」とばかりに萌えてやってください。

どうかよろしくお願いします。m(_ _)m

第12話　「コーヒー無双？」

カセットコンロでお湯を沸かす。水はペットボトルの「おいしい水」よりも、街の井戸で汲んできた水のほうがうまいので、そっちを使う。

そして中挽きにした粉を、スプーンですり切り四杯。

お湯の注ぎかたは――YouTubeで見た通りにやってみる。

ちなみにスマホは「辞めた」ときの数秒前に、地面に叩きつけてぶっ壊しているので、いちいち向こうで漫喫に行って見ている。ちなみにAmazonや楽天の注文も、いちいち漫喫からだ。

細く、ちょろちょろとお湯を注ぐと、いい香りが、ふわっと立ち上ってくる。

「なんですかー。なんですかー」

狙い通り、バカエルフが匂いに引き寄せられて、ひょこひょこと近づいてくる。

そして目を期待に輝かせて、「おいしいものくれる?」というときのワンコと同じ顔をする。

「なんか香ばしい匂いがしますー。しますー。しますー」

バカエルフは体をくっつけて、俺の手元に興味津々。

ええい。うっとおしい。

いまから最も大事な二投目だとゆーのに。その柔らかい体を離せっつーの。気が散って仕方がないっつーの。

「それは飲み物でしょうかー。でしょうかー。でしょうかー」

なぜ三回言う？

「大事なことなので三回言いましたー」

だからなぜ心の声に返事を返す？

「マスター。マスター。マスター。それはなんですか？　飲み物ですか？　異世界の飲み物ですか？」

「ふっふっふ……。これはだな。俺のいた世界でも人気のある飲み物なんだぞ」

俺はそう言った。

俺はいまコーヒーを淹れていた。

ふとコーヒーが飲みたくなって、今日の仕入れと一緒に買ってきた。

ただ飲むだけなら、缶コーヒーやインスタントコーヒーがいちばん簡単なのだが、どうせだったら、本格的なほうを輸入しようと思った。

コーヒーミル、計量スプーン、ドリッパー、ペーパーフィルター、などなど。道具一式と、もちろん一番大事な「コーヒー豆」を、すべて輸入してきた。

売り物というよりは、自分用。

コーヒーのサービスはしてもいいかも。

しかし……。

本物のコーヒーを淹れた事なんて一度もなかったから、ＹｏｕＴｕｂｅで下調べが必要だった。

だがもう勉強は万全だ。

しかし、スマホぶち壊したのはやり過ぎだったか？　まあいいか。どうせこっちじゃ電波なんて繋がらないんだし。……いや？　本当に繋がらないのかな？　そのうち試してみるかな？

俺はくるくるとお湯を注ぎ入れている。くるくる回しながらお湯を注ぐものなのだ。ＹｏｕＴｕｂｅで観た。

「ねえマスター？　これ、茶色というか真っ黒なんですけど……？」

「これはそういうものなのだ。それがコーヒーとゆーものなのだ」

「そうなんですかー。へー。へー。へー」

エルフの娘は興味津々。

俺に体をぴったりくっつけて、手元を覗きこんでいる。てゆうか。頭のつむじが邪魔。手元が見えやしねえ。

金髪から、髪の匂いがふわっと立ち上ってきて、こいつも女の子だったんだなと、いまさらながらに、そう思う。

「豆はちょっと奮発したんだぞ。いちばん高いやつだ」

俺はドヤ顔になって、そう言った。

エルフの娘の釣られっぷりは、まさに、気持ちがいいほどだ。

まあわかっていたことであるのだが――。

こいつは食い物関係ならなんでも興味津々になる。バカなのだ。バカエルフだ。

「へー、へー、へー。これってなにかの豆を煎って粉にしたやつなんですね？　なんて豆なんですか？」

「なんてったっけ……、ハ、ハ、ハ、ハワイのコナだ。……あれ？　ハワイコナだったかな？　とにかく一番高いやつだ」

俺はそう言った。

なんと税込み二〇〇グラム二六七〇円もする高級品だ。

「いちばん高い？」

「つまりいちばん良いということだ」

「それは楽しみですー。楽しみですー。楽しみですー」

そこは大事なところなのか。三回繰り返した。

「あ――‼」

と、エルフの娘は、急になにかに気がついたような声を出して、俺から身を離した。

「マスター。ひょっとして！　〝こーひー〟とかいうそれを淹れるけど、自分一人で飲んじゃって、わたしにはくれないとか……、いじわる……しませんよね？」

エルフの娘は、すこし距離を取った。

じっとりとした視線を俺に向けてくる。

おまえは一体俺のことをなんだと思っていたのだ？

そんな鬼なはず、ないだろう？

「安心しろ。俺は寛大だからな。もしおまえが三遍回ってワンと鳴くなら考えてやらんことも――」

「――ワン！」

早っ！

一瞬も悩まず三回まわってワンと鳴いたよ！

「ワン！　ワン！　ワワン！」

しかも三回も鳴いたよ！

そんなに大事かよ！

「わかった。わかった。やるから。――てゆうか。そもそもはじめから二人分淹れてるしな。

――カップ二つ持ってこい」

「ワン！　ワン！　ワワン！」

エルフワンコは、売り物のマグカップを二つ持ってきた。

黒くて熱い情熱の液体を、マグカップに注ぎ分ける。

あれ？　カップの柄がお揃いじゃねーか。

バカエルフと一緒かよ。……まあいいか。

エルフの娘は、大事そうに両手でカップを持った。

飲み物に映る自分の顔を覗きこむように、両手のなかにカップを収める。

「コーヒーには、砂糖やミルクを淹れて飲むこともある。だが〝通〟は、そのままで飲むんだ。人は――その飲みかたを、〝ブラック〟と呼ぶ」

「へー。へー。へー。マスター。すごい。すごい。すごいです」

「うはははは。もっと褒めろ。崇め讃えろ」

「――で。これもう飲んでいいですか？　いいですか？　いいですか？　いいですか？」

四回も言いやがった。そんなに大事かよ。くそっ。

「よし」

俺はそう言ってやった。

おあずけくらったワンコに「よし」と言ってやる気分だ。

このワンコはだいぶバカだが、バカカワイイと思うことも、ごくたま～に、ないこともなかったりする。

「飲みます。飲みます。飲みます。――うわあちちち！」

「落ちつけ。熱いぞ。ふーふー冷まして飲むんだ」

ほんとバカ。

「ふー。ふー。ふー。ふー」

エルフの娘は、言われたとおり、ふーふーしている。

ほんとバカカワイイ。

そして充分に冷ましてから――ずずっといった。

その顔に、まず一瞬、驚きが広がった。

俺は内心でほくそ笑んでいた。これまで異界の品々で幾度もこの世界の住人を魅了してきた。

そしてまた、この美しいエルフの娘は、俺の持ってきたコーヒーの美味さに感動して――。

だあぁぁぁ――――……。

エルフの美しき娘は、コーヒーをだらだらと口から吐き出した。ぼとぼと垂らした。

「う、うわっ！　きっ――汚え！　リ、リバースしやがった！　こいつ！」

「に……、苦いですー……。マスター……、なんなんですか？　この飲み物ぉ……」

「え？　苦い？」

俺は自分のコーヒーを、一口、飲んだ。

「ああ、まあ。……苦いな。だがこれがいいんじゃないか？」

「そんなー……、苦いだけですよー……、これなにかの薬かなにかですかー？　わたし。悪いところなんて、なんにもないですよぅ」

「いやおまえは頭が悪いだろ」

俺はコーヒーを飲みながら、そう言った。

こんなに美味いのに――。

結局、バカエルフはコーヒーを飲めるようにはならなかった。砂糖を入れてやってもだめだった。

砂糖を山ほどぶち込んでやって、さらに、乳と半々で割ってやって……。

コーヒー牛乳？

いや。乳を出した動物が牛かどうか見てないから……。

とにかく、なにかの家畜の乳――と、半々で割って、異世界版コーヒー牛乳にしてやって、そこまでして、ようやく――。

こいつは、「甘いです！」と喜んで、くぴくぴと飲むようになった。

あとでオバちゃんや鍛冶師のドワーフのところにも持っていったが、みんな、「苦い」と顔をしかめるばかり。

誰一人として「うまい」と言ってくれる人は現れなかった。

コーヒー無双はならず。

今日のＣマートには、「苦っ！」というしかめっ面ばかりで、笑顔がなかった。

第13話 「チェーンソー無双」

「ねえマスター」

いつものCマート。いつもの店内。

お客さんの来ない午前中、店先の日向（ひなた）で、ぽーっと座って光合成していたエルフの娘が、そう言った。

「なんだー？」

店内の日陰で、品物の場所替えをしていた俺は、そう聞きかえした。

「なんでうちの店、Cマートっていうんですか？」

「ん？」

エルフの娘は、店先で、首を折れんばかりに〝上方向〟にねじ向けている。

俺は表に出て行った。上を向く。

エルフの娘と一緒になって、店の看板を見上げる。

そこにはサインペンで黒々と「Cマート」と書いてあった。この店の名前だ。

「べつに深い意味はねえなぁ。まあ強（し）いていうなら、俺が、昔観た映画で――」

「〝えいが〟って、なんですかー？」

「話の腰を折るなよ。俺の世界の娯楽（ごらく）だよ。物語だよ。――で、その昔観た映画で、〝キャプテン・スーパーマーケット〟ってのがあってだな――。その主人公が――」

「ああ。そのCなんですね。うちのCマートのCは。ところで〝キャプテン〟のスペルは、C、

「知らん。英語は苦手だ。たぶんそうなんじゃねーの？　頭文字（かしらもじ）がCなのは覚えてる……」

俺はそう言った。

しかし――。

なんでこいつのほうが、俺より俺の世界の言葉に詳しいんだ？　英語上手なんだ？

バカエルフのくせに。バカエルフのくせにっ。バカエルフのくせにーっ。

「あ！　いらっしゃい！　どうぞどうぞ！　見ていってください！」

お客さんが来たので、俺たちは二人で店内に戻った。

入ってきたのは、四人の男女だった。

男が二人に、女が二人。

街の人たちとは、すこし違う感じがする。

四人とも――〝堅気（かたぎ）〟ではない感じ？

まず服装からして違っている。全員が軽装以上の鎧（よろい）を身につけている。腰に剣を吊っていたり、背中に斧（おの）を背負っていたり……。女子のほうは、鞭（むち）とかメイスとか。

ああ。これが〝冒険者〟というものなのか。

俺はちょっと感動した。

本物の冒険者をはじめて見た！

ファンタジーの異世界に来てはいたが、冒険者とか、一度も見てなかった！

異世界すごい！　スゴイスゴイ！

「この店には、珍しい品が置いてあると聞いて来たのだが――」

リーダーらしき剣士の男が、そう言った。

けっこうイケメン。そしてけっこう偉そう。

「ええ！　うちの店には、冒険者の方々にも便利な品が、たくさんありますよ！」

俺はすかさずセールストークをぶちかました。

こんなこともあろうかと――。

俺は、売れ線商品以外にも、現代文明の便利アイテムの数々を、いろいろ持ちこんできているのだった！

普段は並べていない品々を、色々と引っぱりだしにかかる。

「どんなものがあるのだ？」

「これなんかどうでしょう⁉」

俺がまず最初に持ち出したのは――。

「これは懐中電灯という品でして――」

「ふむ。どう使う？」

俺はにやりと笑うと、懐中電灯のスイッチをＯＮにした。

ピカーッ！　――と。

まばゆい光がビームのように真っ直ぐに伸びる。

「……それだけか？」

「は？」

冒険者にはまったく感動がなかった。

ちょい、ちょい、と指を動かして、冒険者が仲間に合図した。

仲間はバックパックの中から、手のひらに載るくらいの道具を取りだして――。

きゅっと、金属製の本体をひねった。

まばゆい灯りが、その小さなカプセルから広がった。

懐中電灯の光なんざ目じゃない。

「灯り石が使われている。この大きさで三年は輝き続ける。――その、〝かいちーでんとお〟とやらは、どのくらい持つのだ？」

「ええと……、何十時間ぐらい？」

「〝じかん〟というのは、どんな単位だ？」

「数十セムトぐらいですよ」

そう答えたのは、うちのバカエルフ。

「話にならんな」

冒険者に鼻で笑われる。

「他にはないのか？」

「ええと――！　ええと――！」

慌てる俺が、次に持ち出してきたのは――一〇〇円ライターだ。

「これなど、どうでしょうか？　うちの店でも売れ線商品ですが――」

俺は冒険者の目の前で、ぱちっ、ぱちっと、ライターを何度もつけてみせた。

街のオバちゃん連中は、これでおおいに感心してくれるのだ。

こんなに簡単に火が着けられるなんて、便利だねえ、と感心してくれて――。

「ふう……」

冒険者の男は、ため息をひとつ――。

そして、指先をぱちっと鳴らした。

人差し指の上に火が灯っている。

俺はその小さな火を、まじまじと見ていた。

え？　あれっ？　これって……？

魔法……とかっ？

「剣士の俺でも、このくらいの初級の火魔法ぐらいは、扱えるのだが？」

「マスター。缶詰売ったほうがいいと思いますよー。マスター……って、ねえ聞いてますか？

バカマスター？」

　エルフの娘が、俺の脇をすっと抜けていった。

　商品を持って冒険者の前に立つ。

「こちら当店自慢の保存食となっております。完全に衛生的。かつダンジョンの奥でも新鮮な肉味が楽しめます。乾燥肉よりも、断然、おいしいですよ。よい冒険は、よい食事から。どうでしょう。おひとつ。――ご試食などは？」

　立て板に水のセールストーク。バカエルフのくせに口がうまい。

　缶詰を一個あけて、爪楊枝を差しだして、冒険者にさっそく試食をさせている。

　牛肉の大和煮を、一欠片口に入れた冒険者は、ほう、と、すこしばかり眉を寄せた。

「この保存食は、どれだけの間、保つのだ？」

「――店長。これ。缶詰って。何年も保つんですよね？」

「あ、ああ……、うん」

　俺は缶詰を確かめた。賞味期限――二〇二〇年〇五月と書いてある。

「何エルディカでも――」

　エルフの娘は、にこやかに微笑んだ。

「ほう。そいつはすごいな」

　冒険者はようやく褒め言葉を口にした。

「これはいくつあるのだ？」

「いまあるのは——一〇〇缶ほど。あ、いえ——一〇七缶ですね」

エルフの娘はそう言った。

在庫は一〇〇缶だけ。

そこに足された〝七缶〟というのは、こいつの本日分のごはんの分で——。

「おい、おまえ、その七個は——」

「マスターは黙っててください」

エルフの娘に、ぴしりと言われる。

俺は黙った。

「その〝きゃんづめ〟というのは、全部もらおう。ちょうど次のダンジョンにすぐ向かう予定だったしな。だがそれよりも——」

と、冒険者の男は、エルフの娘の手を握り——。

「君。うちのパーティに入らないか？　君は高レベルマジックユーザーだろう？　なんでこんな店で働いているのかは知らないが、俺たちと来たほうが、絶対に、いい目を見せてやれるはずで——」

「いいえー。お客さんー。勘違いですよー。わたしそんな。魔法なんて使えませんって」

エルフの娘は、にここと商売用の笑顔を浮かべながら、手を握ってくる男の手を、きつくつねって――放させた。

「それに、わたしはマスターの元で働くのが楽しいんです。マスターがいいんです」

「こんな男――」

と、冒険者は鼻を鳴らす。

俺を見て、ふっ、と薄ら笑いを浮かべた。

「俺たちの名は、『ファントム・バレッタ』。――名前くらい、聞いたことはあるだろう？　アンデッド専門の――」

「……こんな店で悪かったな」

俺は低くつぶやきながら、一歩、前へと出た。

じろりと、冒険者を見上げる。

バカエルフがナンパされてたときには、どうなることかと思ったが――。

このまま、冒険者たちについていってしまうのではないかと――。

一瞬、そんなことを思ってしまったが――。

だって……。

毎日バカバカ言ってるし。犬缶食わせてるし。他にもあれとかこれとか。

だが、バカエルフのやつは、きちんと嫌がっているよーだった。

拒絶もしていたよーだった。

――よしっ。

店員をナンパから守ってやるのは、店長としての役目だろう。

「あのー。店内でナンパは困るんですけどー」

「……おまえは黙っていろ。噂を聞いて、せっかく遠路はるばるやってきたのだ。それがどうだ。ろくな品物が置いていないではないか。このまま引き上げたなら、とんだ無駄足だ。だが彼女をうちのパーティに迎えられれば、まったくもって引き合うというものだ」

冒険者はもう俺を見ずに、エルフの娘だけを見る。

「――どうだ？　ぜひ入ってくれ。次に行くダンジョンはアンデッドの巣窟で――。君のようなマジックユーザーがいると心強いんだ」

そう言って、またバカエルフの手を握ろうとする。

バカエルフはさっと身をかわす。

――よしっ！

「ああ。金か？　――そうだな。彼女を身請けするには――、このくらいでいいか」

革袋が床に投げられた。

どずん、と、重たい音を立てて、革袋は跳ねもせず床に落ちた。

きっと中味は大量の砂金だろう。

俺は、ぶちぶちぶち――と、いう音を聞いた。

頭のどこかで、そんな音が確かに聞こえた。

「おい！　てめえ！　いいか！　ちょっと待っていろ！　一〇分――じゃなくて！　なんとかセムト⁉」

「一二分の一セムトですよ。マスター」

「それだけ待ってろ！　絶対待ってろ！　おまえらがびっくりする物を持ってくるから！」

俺は唾を飛ばして、そう叫んだ。

剣幕に呑まれている冒険者たちを残して、店の外に飛び出しかけ――。

慌てて立ち止まり、最後にもう一回、振り向いて叫ぶ。

「あと！　――触んなよ！　もう二度と絶対に触んなよ！　それ俺んだからな！」

キザ男がまた手を握らないように、そう釘を刺すと――。

俺は店を飛び出していった。

走った。走った。全力で走った。
Cマート店主として、やつらを〝笑顔〟にしてやらねばならないと――そう思った。
あいつらの顔から〝半笑い〟を消してやる！　全笑いにさせてやる！

現代日本に転移すると、俺はまっすぐにホームセンターに直行した。

そしてまっすぐに向かったのは、工具売場のコーナー。

電気や空気圧やエンジンで動く、大型の、ごっつい工具が、いくつも並んでいる場所のなかで、俺がさらにまっすぐに目指したのは――。

〝チェーンソー〟のコーナーだった。

「これだ!」

俺は悩まずシンプルに一瞬で、もっとも刃渡りのデカいやつを選び出した。

店員をつかまえて、他に必要な物も聞きだす。

ガソリンやらオイルやら、補給品も一緒に買い求める。

税込み四万一〇四〇円――。

あっけないほど安かった。何十万円ぐらいは覚悟していたのだが。

そして俺は、俺の店――Cマートへと戻った。

◇

「マスターおかえりなさい。安心してください。指一本触れさせていませんから」

バカエルフが、そんな変なことを言って出迎えてきた。

俺はそんなことよりも、持ってきた商品を、冒険者たちに示すので忙しかった。

「これだ! これなんだ! アンデッドのダンジョンに行くって言ってたろ! ゾンビとかがいるんだろ! だったらこれだ! 俺は知ってる! 俺は観たんだ! これが最強の! 対ゾ

ンビ兵装だっ！」

　ばーん！

　チェーンソーを出す。

「これは……剣か？」

　冒険者の顔色が、すこし変わった。

「まあそんなようなものだ」

「どう使うんだ？」

「ああ。かなり重いからな、片手じゃ無理だ――、両手で――」

　――と。

　冒険者は、ひょいと、片手で軽々と持ちあげてしまった。

　数キロは軽くあるような物体なのだが――。

　そうか。

　似たような重さのある剣を、片手で振り回しているわけか。

　こいつらは。

　冒険者という連中は。

　すげえすげえ。

「そこの――、ノブを起こしながら――、ヒモを勢いよく引く――」

俺は説明書を読みながら、説明した。

冒険者がその通りにやると――

バボン！　――という、物凄い大音響が爆発した。

爆音とともに、エンジンが始動する。チェーンソーの歯が回りはじめる。

「うお！　なんと――これはっ！　力強い――。なんだ魔剣か？　魔剣なのか⁉　いったいどういう魔剣だ？」

「ふっ……」

俺は、言った。

「この世に断てぬゾンビなし……。それは伝説の〝キャプテン・スーパーマーケット〟が使ったという、剣ですよ。……お客さんは本当に運がいい。本日だけ特別に、こちらの無鉛ガソリン一〇リットルとオイルまでつけて――！　なんとっ⁉」

「いくらだ？」

俺は、言った。

「――なんと⁉　タダです‼」

「え？　……タダ、とは？　ええっ？　金を取らんのか？」

「ただし！」

俺は、言った。

間抜け面をさらしている冒険者の顔を、ずびしと指差して、大声で叫んでやった！

「生きて帰ってこい！　そしてもういちどうちの店に来い！　そのアホ面をもういっぺんさらしに来い！　約束しろ！　そして！　役に立ったか、立たなかったか！　——そいつを話してもらおう！　その約束をするなら！　タダで持ってけ！　カネなどいらん！」

「お、おう……」

冒険者はそう言った。こくんと、うなずいた。

「はい。これ。取扱説明書です。要点はメモしておきましたから」

エルフの娘が、冒険者になにかを手渡す。

床にしゃがみこんで、お尻を向けて、さっきからなにをやっていたのかと思えば——。

ああ。まあ。そうだな。

取説がないと困るわな。そして異界の文字だから、そのままでは、読めんわな。

よく気がついたな。バカエルフ。

特別に三秒間だけ、〝バカ〟をつけないでいてやろう。

一……、二……、三……！　はーい！　三秒ーっ！　ざんねーん！　タイムアウトーっ！

◇

「ありがとーございましたー」

「ましたー」

山ほどの缶詰と、チェーンソーを押しつけて、冒険者を送りだす。

バカエルフと二人で並んで見送って――。

そしたら、隣に並ぶバカエルフから、肘で小突かれた。

「マスター。今日はさんざんな赤字ですね」

「いいんだよ」

俺はぶすっと応じた。

チェーンソーも缶詰も、ぜんぶ「タダ」で押しつけてやった。

あいつらが床に投げていった砂金の袋も、当然、押し返してやった。

チェーンソーのほうはともかく、缶詰代くらいはもらってもよかったかもしれないのだが
……。

まあ流れ的に、意地を張ってしまった。

だが、それでいいのだ。

そうでなくてはならないのだ。

俺がこの店を、Cマートを開いているのは、皆の笑顔を見るためだ。

決して儲けるためではない。

だから――。

「いいんだよ」

俺は言った。

バカエルフのやつが、なにも言ってこないで、「わかってますよ」的な取り澄ました顔をしているのが、俺には、どうにも我慢がならなかった。

◇

冒険者たちを送り出して、それから、十日ぐらい、経った頃だったろうか――。

彼らは約束通り、もういちど、店を訪れてきた。

「あんたのおかげだ！　あんたの！　あんたの――！」

「ええい。わかった。わかったから！　放せっつーの。うっとおしいっつーの」

足にすがりついてくる冒険者の男を、俺は――。

蹴りっく。蹴りっく。蹴りっく。

しかし離れないでやんの。

ええい。放せ。鼻水がつく！

「お、俺たち――！　ダンジョンで――っ！　ゾ、ゾンビの大軍に囲まれてっ！」

冒険者は俺の足を放そうとしない。

「一〇〇〇体くらいいてっ！　――あ！　あんな数見たことなかったっ！　でも――あの剣がっ！　あの剣があったからっ！　だから俺たち――！　い、生きて帰ってこれでえええぇ！」

鼻水を俺のズボンにすりつける。

「あ！　あ！　あ！　ありがどおお！　ありがどおおお！　俺たち！　いっぱい宣伝するから！　この店！　すげぇって言うからあ！　ありがどおおお！」

「ええい！　だから放せ！　うっとおしい！」

「この〝ちぇーんそー〟っていうの、もうぼろぼろですねー。使えませんねー」

バカエルフが冒険者の持ち帰ってきたチェーンソーを、つんつん、と指先でつついている。

ゾンビ一〇〇〇体斬(ぎ)りをしたチェーンソーは、もう本当にぼろぼろで——。

たったの十日なのに、何十年も使いこまれたような惨状(さんじょう)となっていた。

そうだ。

俺は思いついた。

「おい。どうせ、また、新しいの買うだろ？」

足下の冒険者に聞いた。

こくんこくん。——ぶんぶんぶんぶん！

冒険者は首を縦に何度も何度も振りたくった。

「じゃあ。この古いの。うちの店で引き取るよ。そこの壁に飾る物が、ちょうど、なにか欲しい気がしていたんだ」

「飾ってくれ！　そうしてくれ！　光栄だ！　光栄すぎるぅぅぅ！」

彼はぶんぶんと首を振りたくる。

そんな鼻水撒き散らしてまで言うようなことか？

まあ了承は取れた。問題ない。

「おまえら、なんてったっけ？」

「『ファントム・バレッタ』だ！」

「おいバカエルフ。そう書いとけ。『ファントム・バレッタの使いし業物。《ゾンビクラッシャー》。役目を終えて、ここに眠る――って感じで」

「はーい。わかりましたー。バカマスター」

「バカゆーな！」

「じゃあマスターもやめてくださーい」

◇

彼ら「ファントム・バレッタ」というパーティは、どうも、意外と有名な冒険者の一団だったらしい。

壁に飾った〝剣〟を見物にくる客なんかも、けっこう増えた。

そしてチェーンソーはCマートの主力商品になってしまった。冒険者っぽい連中が買ってゆく。

Cマートは今日も賑やかだった。

第14話　「水着無双」

「ねえマスター。これってなんですか?」

　俺が〝売れない物置場〟と呼んでいる在庫品の山を、がさごそとやっていたバカエルフが、びろ～んと、ヒモに連なった青い布地を引っぱりだしてきた。

「ああ。ビキニだな」

　俺は店の売り上げを計算しながら、上の空で答えた。

　なにこの十二進法とかゆーの。まったくわけがわからない。八×二が、なんで一六じゃなくて、一四になるわけ?

「ビキニ?」

「水着だよ」

　俺はうるさそうに答えた。

　向こうの世界では、ちょうど五月の中旬。そろそろ今年の水着が出回る頃で……。

　ホームセンターにさえ水着売場が一時現れるくらいで、売れるかなと思い、適当に買ってきておいたのだが……。

　よく考えたら、この街には、近くに川さえありゃしなかった。

　よって仕入れてきた水着は、いきなり不良在庫行きとなっていた。

「水着というのは、服の一種ですか?　いったいどういうときに着るものなのでしょう?」

「そりゃ水着なんだから。泳ぐときに決まってるだろ」

「泳ぐ？」

　エルフの娘は、きゅるんと首を傾げる。

「なぜ泳ぐのですか？　ダンジョンの奥で、酸のプールに落ちたときとか？」

「なんでそんな惨たらしい場所で泳ぐ話になってんだ？」

　俺はようやく帳面に向かうのを諦めた。

　アホなことを言ってるアホエルフに、きちんと向く。

「おまえはアホか。川とか海とかだろ。あとプール……はないのかな。ここ異世界だしな」

「わたしからみればマスターの世界のほうが異世界になりますが」

「そういやおまえ、いまあるって言ってたな。プールだよ。プール」

「酸のプールと油のプールは見たことはあります。酸のプールは骨も残らず、油のプールは落ちると火が回ります」

「もっとこう。お金持ってるやつらが、自宅の庭に、水を張った大きなプールとか持ってないのか？」

「まずそんなに水を溜めるのは大変な手間ですし。お金なんてそんなに貯めこんで、いったいなにに使うんです？　暮らすのに必要な分があったら、残りは寄付とかしませんか？　そういえばマスター。店の売り上げ、けっこう貯めこんでますけど、なんに使うんです？」

「これは貯めこんでるんじゃなくて使い道がないんだよ」

俺はため息とともにそう言った。

現地通貨は、いくら貯めても、あまり使い道がないのだ。向こうの世界で日本円に換金できないこともないのだろうが、色々と面倒だった。

店で商品を売ると、この世界の通貨が手に入る。

金貨がいちばん価値が高く、銀貨はその一二分の一の価値があり、銅貨がさらに一二分の一。さらにその下に錫貨(しゃくか)なんてものもあるらしいが、子供がたまに持ってくるぐらいで、あまり見かけない。

現代日本の貨幣(かへい)価値でいうと、それぞれどのくらいの価値に相当するのか……。いまだによくわかっていない。

これまでは大きな空き缶に全部まとめて放りこんであったのだが、それじゃあんまり大雑把(おおざっぱ)だろうと……。

毎日の増分くらいは計算して、帳面につけておこうと思ったわけだ。

「とりあえず。これは。服なのですね?」

ビキニのブラとボトムスを体にあてて、エルフの娘は聞いてきた。

「そうだな。服の一種だな」

俺は適当に答えた。また帳面に戻る。銅貨が、ひの、ふの、みの……、と、昨日の分のあがりを数えてゆく。

がさがさ。ごそごそ。

――バカエルフのほうから、なにやら物音がしていたが、努めて無視した。

どうせバカなことか、アホなことをやっているに違いないのだ。

「マスター。どうですか？」

「なにが？」

「だから見てくださいよう」

「面倒くせえな――うお！」

そっちを見て、俺は絶句した。真っ白な肌と青い水着のコントラストが、目に鮮やかに飛びこんできた。

水着のブルーが、金髪に映える。鮮烈に映える。

「おま――！　な、なに着てんだ！　ば、ばかっ！　バカエルフ！」

びっくりした！　びっくりした！　びっくりした!?

なんでこいつ、いきなり水着に変身してんの！　てゆうか！　いつ着替えたの！

さっきっ!?　ごそごそやってたときっ!?　あれ着替えてる音だったのっ!?

「だ、だ、だ――だから！　なんで着てるっ!?」

「マスターにこれは服だと聞きましたので……。一着。いただこうかなと」

「なぜそうなる！」

「わたし。服持ってないんですよ。この街に居着くまでは旅の生活でしたので」

「それとこれと、どういう関係がある！」

俺は叫んだ。心臓バクバクが収まらない。

バカエルフの、ばかーっ！

「ところで異界の服は、なぜ、このように布が少ないのでしょう？」

「そ、それは……、み、水着だから……、だろっ！」

「ところでマスターは、なぜさっきから、こちらを向いてくださらないのでしょう？」

「そ、それは……!?」

指摘されたのが悔しくて――。

俺は唇を尖らせて――見た！

べつに驚くようなことじゃない。ただ単に水着になっただけ。

いつものボロマントを剝いで、チュニックと長ズボンという、色気もへったくれもない格好から、ビキニのトップスとボトムスになって、肌の露出が、ほんのすこしだけ増えているだけだ！

こんなん！　向こうの世界で海かプールにでも行けば！　こんな格好のおねーちゃんくらい！　それこそ何十人っていう単位で目にすることになるわけでッ――！

いや……。しかしこいつ……。

スタイルいいよな？　バカエルフのくせにっ……。

じいーっ……。

「ああ。なんだかちょっと、わかった気がします。マスターはあまりそうやって見ないほうがいいです」

「なんだよそれ！　見ろって言ったり！　見るなって言ったり！　どっちなんだよ⁉」

「こっちを向いてくださいと言ったのであって、見ろ……とかは、べつに……、言ってないんです……けど」

バカエルフは手で体を隠した。上目遣いで責めるような目を向けてくる。

「バスタオルとか……、そこの在庫のところに……、あるだろっ」

俺は言った。顔を背けて、店の隅を指さした。

「いただいて……いいんですか？」

なんだこいつ。

もらうつもりかっ！　ちゃっかりもらうつもりなのかっ！

水着も！　そしてバスタオルも！

「……い、いいよ」

「ありがとうございます。缶詰以外で、マスターにはじめて物をいただきました。この〝ぼすたおる〟という異界の布は、肌触りがよいですね。これはもっと仕入れてくれれば、売れるので

「は？」

「か、考えておくっ！　――あとっ！　ボスタオルじゃなくて、バスタオルなっ！」

「ばすたおる。ばすたおる。ばすたおる」

バカエルフは三回繰り返す。

「みーちゃったー！　みぃーちゃったー！」

突如、けたたましい声があがった。

「ずーるいなっ！　ずーるいなっ！」

耳がつんつんして、むず痒くなるような黄色い高周波で歌ってくるのは――オバちゃん。

店同士が近いので、食堂が暇な時間は、オバちゃんはこうしてよく遊びにくる。

ちなみにオバちゃんは「コーヒー」をブラックで飲めるようになった異世界人の二人目だ。ドワーフのオヤジが最初に馴れてやみつきとなって、オバちゃんが第二の虜となった。

この街の人間関係の中核に居座るオバちゃんが、「大人にしかわからない味」とかなんとか、あっちこっちに吹聴してくれたおかげで、だんだんと、〝コーヒーセット〟は無双をはじめつつある。

あれが飲めるのが〝大人〟であるのだと、いま、ミニブームがゆっくりと起きつつある。

それはまあ、いいとして――。

「ずるいわよ！　あんたばっかり。色々もらって！　――オバちゃんにもそれないの？」

「それってなに？」

「その――青いオベベ！」

おべべって……。

「かわいーじゃない！　オバちゃんにも、きっと似合うと思うんだけどなー！」

「ああ」

俺はうなずいた。

「ローティーン用も一着あったなー」

俺はすっかり諦め顔になって、そう言った。「オバちゃんカネはらえ」という、至極あたりまえの理屈を告げる気力もなくなっていた。

まあいいか。どうせ不良在庫だし。

「じゃーん！」

読者モデルみたいに、オバちゃんがポーズをつけて立つ。

オバちゃんが着たのは、チェック柄のセパレート。お臍は出てるが、トップスとボトムスはおとなしい。女子中学生あたりが好んで着る水着だ。

そのくらいの年齢の女の子は、こちらの世界でも、きっとおしゃれに目覚めはじめる頃合いだろうと思って、仕入れておいたのだが……。まさかオバちゃんに強奪されるとは。

「どうよ？　どう？　オバちゃんもまだまだ捨てたもんじゃないでしょーぉ？」

なにいってるのかわかんない。

オバちゃんは外見年齢でいったら、小学校の高学年か、せいぜい中学校に上がりたてといったぐらいで――。

花ならつぼみ。

捨てたもんとかいうより、そもそも、まだ、咲いてさえいない。

「むむむ。オバちゃんのもいいですねー。わたしはサイズ的に着れないですけど」

「あんた。そんなにお腹だしてて、お腹壊しちまうよ」

「今日は天気がいいから。ちょうどいい感じですよー」

「ああそうだね。お日様にあたりにいくかね」

水着姿の美少女二人は連れだって表に出ていった。日光浴をはじめる。

なんか水着の使いかたが間違っている。

「なあオバちゃーん。……さっきもうちのバカエルフに聞いたんだけど」

「なにさねー？」

「川とか海とか近くにねーの？」

「川？　海？」

オバちゃんも首を傾(かし)げている。

知らないカンジ。単語自体がわからないといったカンジ。

俺はもうそこについては聞くのを諦めた。まさかこの世界、川も海もないってこともないのだろうが……。

「水がいっぱいあればなー。プールぐらい入れるんだが」

俺はつぶやいた。

いまは仕入れてきていないが、ホームセンターでビニール製のプールを見たことがある。

「井戸あるじゃない」

「汲むの大変だよ」

ちょっと裏に行けば井戸はある。

ロープのついた桶を下まで落として、手で引き上げるのだ。ビニールプールを満たす量の水を汲み上げるのに、いったい、どんだけの重労働になるのか……。想像もつかない。

あれ？

そういえば、この世界……風呂って、どうなってるんだろ？

俺は向こうの世界に立ち寄ったときに、アパートに着替えに立ち寄って、そのとき風呂に入ってきているが――。

バカエルフとか、オバちゃんとかって？

「マスター。……水をどうにかするのですか？」

「うん？　いや。水がたくさんあればプールが作れると思ったんだが」

「たくさんっていうのは、それは、どのくらいのたくさんですか？」

「うん？　まあビニールプールだったら、だいたい――いや。まてよ？」

俺はふと閃いた。

以前。なにかのラノベで読んだことがあった。

その話の中で、ブルーシートとかいう、大きなビニールシートを使って、学校の部室をプールにしてしまっていた。

そしてブルーシートだったら、このあいだ仕入れにいったときに、防水性の超デッカイやつを買ってきていたはずで――。

俺は店に飛びこんだ。

あった。

探したらすぐに見つかった。

一〇×一〇と書かれている、でっかいブルーシートを広げながら、俺は表に飛び出した。

いくつにも折りたたまれたシートを、どんどん広げてゆくと、二人で持つ大きさとなって、四人で持つような大きさとなって、八人で持つような大きさとなって――。

そこらの街の人にも手伝ってもらった。

ブルーシートを広げきると、通りを塞ぐぐらいの大きさとなった。

通りは、向こうとこちらとで、家が並んでいる。間の道は五メートルくらい。ブルーシートはそれよりも大きい。

「こんな大きいの、広げて、どーすんですか？　マスター？」

　バカエルフに聞かれる。

　広げきってから、俺は気がついた。バカエルフに言われるまで気がつかないとは、バカだった。

「ああ――。ええと――。なんだっけ？　このシート。水を通さないから……、なんか、うまく固定すれば、水を溜められて、プールみたいにできるんだけど」

「固定するんですか？　そことそこの家の柱にくくりつければ、固定できませんか？」

「ええと？　どうやれば？」

　俺がブルーシートの端っこを握って、おろおろしていると――。

「誰か鍛冶師（かじし）さん呼んできてくれませんか。こーゆーのはあのドワーフさんが得意です」

　鍛冶師が呼ばれてくる。

　親方は話を聞き、周囲を一瞥（いちべつ）するなり――。

「ふん。そこの柱とそこの柱。あとここだ。ロープは太さ三エムト以上を使え。あと木箱をいくつか置いて補強せんとな。木箱には砂を詰めろ」

　てきぱきと指示を飛ばす。

　現場監督よろしく、そこらの街の人に指示を出して使いはじめる。

街の人たちも、なにがはじまるのかわからないなりに、顔に笑みを浮かべて、親方に使われることを楽しんでいるようだ。

ブルーシートを張りおわる。

「しかし水がないぞ？　水はどうするんだ？」

俺は隣に顔を向けて、バカエルフに言った――。

――が！

「青の魔神（ネプチューン）に申しあげる。万物の源のひとつ、穢（けが）れなき水の輝きよ、乙女（おとめ）のささやきに応えてここに集（つど）え」

バカエルフが両腕を真上にあげ、なんか、唱えちゃっている。

その彼女の上に、青い輝きが集まっている。

不思議なエネルギーがその空間に満ちている。

なにかが生まれた。

なにもない空間に水が生まれる。

どんどん、どんどん、巨大な水玉は成長していって――。

やがて、数メートルもあるような巨大な水塊が空中に浮かんだ。

「マスター？　水の量は、このくらいでいいですかー？」

「お、おう……」

俺はそう返すのが、精一杯だった。

「では……」

ばっしゃーん！

ブルーシートで囲われた場所に、水が満ちた。

プールが一瞬にして出来上がってしまった！

「え？　ええーっ……？　いまの……、いまの……、なにっ？」

尻餅をついている俺に、エルフの娘が手を差し伸べてくる。

「マスター。ほら。プールできましたよー？　水着ってどう使うのか、教えてくださーい」

「いまの……って、魔法？」

俺は手を握りながら、そう聞いた。

「やだなぁ。もう。わたしが魔法なんて使えるわけがないじゃないですかー」

エルフの娘は、にっこりと微笑んだ。

◇

Cマート前に突如生まれた即席のプールで、俺たちは、手伝ってくれた街の人たちとともに、水遊びを楽しんだ。

水着の美少女が二名。俺も一着だけあった男性用水着にて。

その他の人たちは、パンツ穿いてたり、パンツ脱いでたり。

もうしっちゃかめっちゃかだった。
今日のCマート前には、無数の笑顔があった。

なるほど水着というのは、
水に入るための服なのですね！

なんで水着もしらねーの？
おまえら泳ぐときどーすんの？

……はだか？

うっわー！　うっわー！　アウト！
おまえそれアウトだから っ!!

第15話　「おかねの話」

いつもの夕方。いつものCマートの店内。

夕刻は賑わうCマートであるが、接客と商品説明はバカエルフのやつに任せきって——。

俺は本日の〝あがり〟を数えているところだった。

べつに嬉しくて数えているわけではない。

実際、こちらの現地通貨の〝あがり〟にはついては、あまり興味もないのだが——。

壺ないしは缶のなかに、ぜんぶ一緒くたにしまっておくというのも、大雑把過ぎると思った。

それに数えないでいると、バカエルフのやつが、言ってくるのだ。

「いいんですか？　いいんですか？　わたしがお金をちょろまかしているかもしれませんよ？　数えないっていうのは、それって、わたしを信頼してくれていると思って良いんですかー？」

とか言いやがるのだ。

そのドヤ顔があまりにウザすぎるので、毎日、数えて、あのバカエルフが金を抜き取っていないことを、しっかり確認することにしている。

夜、店を閉めてから数えてもいいのだが——。

暗いし見にくいし、なにより、充実感に浸ってくつろいでいる最中に、ちまちましたことをやるのは面倒くさいし。

LEDランタンの灯りだと、金勘定は、とっても大変なのだった。金貨と銀貨の色が特に見分けづらい。

なので夕方にいっぺん数えておいて、だいたい〝締めて〟おいて――。

夕方以降の分に関しては、別にしてとっておいて、最後にそれだけを数えれば完了だ。

俺。あったまいー。

「おや？」

俺は手を止めた。

数えていたお金のうちの、銀貨の一枚に――なにやら違和感を覚えたのだ。

それは銀色をしているから、銀貨のはずなのだが……。

なにやら形が違う。そして大きさも違う。金貨よりも大きいくらいだ。

浮き彫りになっている模様も、なんか普通の金貨よりもしっかりと精緻(せいち)で、人物の顔なんかも、彫りこまれていて……？

「なあ。この銀貨、へんだぞ？」

俺はバカエルフを呼んだ。

だがあいつはお客さんの応対に夢中で、俺の呼びかけに気がついていない。

「なあ。おいってば。なあ」

俺はもういちど呼びかけた。

しかしバカエルフは振り向かない。

俺はバカエルフがこっちを向くまで、声を段々と大きくしていった。

「おい！　きけよ！　きけっての！　きーいーてーよー‼」

「なんですか？　もうっ」

お客さんがお会計を済ませて、頭を下げて見送って——。

そこでようやく、バカエルフのやつは振り返った。

「店長の趣味の時間は邪魔しないですから、ひとり静かにニマニマとソロ活動していてくださいよ」

「俺がいつニマニマしてた？　まるで俺が金勘定をするのを楽しみにしているみたいじゃないか。——ああいいんだそんなことは。それよりこれを見ろ。これを」

「うん？　なんです？」

「この銀貨なんだが……、変じゃないか？」

問題の銀貨をバカエルフのやつに見せる。

「ん？」

バカエルフのやつも気がついたようで——。

俺の手から取っていった銀貨を、ためつすがめつ——灯りにかざして眺めてみたりと、いろいろ調べはじめる。

そして、なにを思ったのか、口を開けて——。

がじっと。

「嚙んだ!?」

「あいたたた」

「おいおまえ。正気か。大丈夫か。腹減ってるのはわかるが。カネは食えんぞ」

「ちがいますよ。固さを確かめてたんですよ。これ固いですね。歯形がつかないですね。純銀なら歯形がつくんですけど。これは違いますね」

「そうなのか。ついにおかしくなったかと、心配したぞ」

「ということで、これは銀貨じゃなくて、プラチナ貨です」

「……プラチナ？」

「銀色をしているのは、他にもミスリル貨がありますけど、そっちはマジックユーザーなら見れば——げふんげふん、わたしには見ればわかりますので。これはプラチナです」

「えーと……？」

俺はどうも意味がよくわからなかった。

「だから銀貨じゃないですよ」

「えーと……？」

俺は考えた。

考えてみて……。だいたいのところを理解した。

「つまり、今日の客の誰かが、銀貨のかわりに、ニセ金で払ったと？」

「どうしてそうなるんですか？　マスターはやっぱりバカですか？　プラチナ貨だって、立派なお金ですよ。むしろ高額ですよ」

「え？」

俺はびっくりした。

そんな話は聞いてない。

「まてよ？　こっちのお金ってのは、銅貨と、銀貨と、金貨だけなんじゃ……？」

「他に錫貨（しゃくか）と、滅多（めった）に見ないですが鉛貨（えんか）もありますけどね。高額通貨にはプラチナ貨とミスリル貨とがありますよ。プラチナ貨で金貨一四四枚分。ミスリル貨は金貨一七二八枚分になります。どちらも大商人の取引ぐらいでしか見かけませんけど」

「へ……、へー……、へー……」

俺は感心した。知らんかった。

いや。聞いてないんだから知らないのは当然なのだが……。

「てゆうか。なんでうちにプラチナ貨なんてあるんですか？」

「いや。今日のあがりに入ってたんだよ」

「なんで？」

「知るかよ。誰かお客さんが払っていったんだろ」

「マスター。それ。お釣り払いました？」

バカエルフが言う。俺はぎろりと睨（にら）み返した。

「なんで俺だと決めつける？　おまえが受け取って間違えたんじゃねーのか？」

「え？」

「わたしが間違えるわけないじゃないですか。間違えたとしたら、マスターですよね」

「だって、見分けがつかなかったじゃないですか。銀貨と間違えてたんでしょ？」

俺はぎくっとなった。だから叫んだ。

「へ、変だな……って！　そう思ったから！　だから聞いたんだろ！」

「でも受け取ったときには、おかしいとは思わなかった……？」

「う……」

責められて、俺は、言葉が出なくなった。

なんか頭がしゅわしゅわと発泡（はっぽう）してきた。まともに物も考えられなくなる。

もしかして……？

本当に、やっちまったのかも……？

なんて言ってたっけ？　一プラチナは、いくらだったたっけ……？

ええと、たしか……。

金貨一四四枚分？

そんな高額のお金をもらって、お釣りを渡してない……とか？

万札と千円札を間違えたとか、そんなんじゃ済まない。そんな程度のミスじゃない。もっとものすごい大きな……。

どえらいミスだ。ものすごいミスだ。ほとんど詐欺行為だ。

いや俺は詐欺をするつもりなんてなかった。これっぽっちもなかった。本当だ。信じてくれ！

「信じてますからマスターのことは」

エルフの娘が言う。

「ちょっと待って。思いだしましょう。わたしも思いだします。銀貨一枚だけを払っていったお客さんはいませんでしたか？　思いだしてみてください……」

エルフの娘は、こめかみに指をあてて、目を軽く閉じる。

俺も心を落ち着かせて、思いだそうとした……。

「わたしのほうは……。いませんね」

「俺のほうは……」

いた。

思いだしてしまった。

なんか飴を舐めながら買い物してたガキンチョがいた。

そいつが、あちこち見ていったあとで買っていったのは、コンパスだった。方位磁石とかいうやつで、常に北を指し示すやつだ。百均の品なので銅貨一枚で並べておいたが、なんかオモチャとでも思ったようだ。

ガキは銅貨一枚の品を買うのに、わざわざ銀貨一枚で払っていた。

俺は、めんどうくせーなー、と思いつつ、銅貨一一枚を数えてお釣りを渡そうとしたが、そのガキは「釣りはいらない」とかフザケたこと言いやがって――。

それで俺は、銅貨一一枚を、そいつのポッケにねじ込んでやったんだった。

「いたーっ！　ガキがいたーっ！　あのガキだーっ！」

俺が叫んで、表に飛び出そうとすると――。

「ちょっと待って。マスター」

シャツの首の後ろを、バカエルフのやつが摑んできた。

ぐえっ。首が締まった。バカ！　おまえほんとバカ！

「本当にその人ですか？　間違いないですか？　他に銀貨一枚の人はいませんか？」

「間違いない！　いま思いだしたんだが――そのガキの銀貨受け取ったとき、なんか変だなーって、俺、思ってた！　普通の銀貨より大きかった！」

「じゃあ間違いないですね。ところでガキって、昼前に来た、あの品の良さそうなお坊ちゃん？」

「そうだ！　あのクソがつくほどナマイキそうなガキだ！　クソガキだ！」

「なんか同一人物の話をしている感じがしませんが……。たぶん同じ子の話ですね」

「探しに行くぞ！」

「手分けして探しましょう」

俺たちは店を飛び出した。俺は通りを左に行く。バカエルフは右へ行く。

店番がいなくなってしまうがあまり問題はない。

値札は付いてる。メモ帳も置いてある。お金を入れるカゴもある。お客さんは勝手にやってきて勝手に持っていって、なにを持っていったかメモに書いて、勝手にお金を置いていってくれる。

だから問題ない。

◇

俺は市場を駆け回った。人のいるところを探しまわった。

だが見つからない。

あたりがすっかり暗くなってしまうまで探し回ったのだが……。

結局、俺は見つけることができなかった――。

どうせバカエルフのやつも見つけていないだろう。

俺はとぼとぼと、足を引きずるようにして、店に向かって歩いていた。

これから一生、金貨一四三枚と銀貨一一枚を横領したという〝罪の記憶〟を抱えて生きていかなければならないのか。

とほほ。

◇

店の前で、バカエルフともう一人――誰かが立って、俺を待っていた。

「遅いぞ店主」

あのクソガキだった。

ガキのくせに妙に偉そうなそいつは、俺の姿を見つけると、ふんと鼻を鳴らした。

「あーっ⁉」

俺はガキを指差して、そう叫んだ。

「待ちかねたぞ。どこをほっつき歩いていたのだ」

「この時間なら宿を取っていると思いまして。この街でいちばん高い宿を探してみました」

「――で？　店主。要件はなんだ？　用があるというから、わざわざ余が出向いてやったのだぞ」

まだ一〇歳に届いているかどうかというガキは、世にも横柄な態度でそう言った。

耳は尖っていないし。これ人間だし。

見た目通りの年齢のガキであることは間違いない。

なのに、なんでこんなに偉そうなんだ？　このクソガキは？

「マスターから直接話していただいたほうがよいかと思いまして。ご足労（そくろう）いただきました」

バカエルフが言う。

まあそこはナイス判断と言わざるを得ない。

俺は店に飛びこんだ。

金貨一四三枚と銀貨一一枚を掴み出してくる。

別の箱の中にバカエルフが一四四枚単位で金貨を収めているので、一枚抜けば、それで一四三枚だ！

「――釣りだ！」

金貨一四三枚と銀貨一一枚とを押しつける。

だがガキは受け取ろうとしない。

「余は釣りはいらんと言ったはずだが？」

「知るか！　受け取れ！」

「この店主は……、いつもこうなのか？」

ガキは隣のバカエルフを見上げた。

「マスターはいつでも誰に対してもこうですよー。バカですからー」

「バカゆーな！」

「うむ。……だが、余にも立場というものがある。二言（にごん）を口にするわけにはいかないのだ。

……ではこうしよう。この店の発展のために、その金は寄付させてもらう。今後はもっと良い品を置いてくれ。それで構わないか？」

頭に血の上っている俺にも、このクソガキが、どうしても釣りを受け取らないつもりだということは――それだけは、わかった。

「よし！　わかった！　おまえはいつでも飴玉が無料だ！　いつでも来い！　飴ちゃんやる！」

「うむ」

「そしてこれは――！　いま！　店まで来てくれた駄賃だ！」

俺は棒に刺さったキャンデーを差しだした。

このガキが、店に来たときに、棒の先にぐるぐると渦巻きのついている飴を舐めていたことを思いだした。

こっちの出したのは、形こそは違うが、やっぱり飴だ。

棒の先に丸い球体の刺さった、いわゆる〝ロリポップキャンデー〟という、あちらの飴だ。

「うむ。それは受け取ろう」

ガキは見るからに笑顔になった。

ほうら見ろ！　やっぱりガキは飴が大好きなのだ！

笑顔にさせてやったぜ！

「まったく……。あのファントム・バレッタの勇者セインの言った通りの人物だな……」

ガキはそんなことをぶつぶつ言いながら、通りの右手のほうに帰っていった。

なんだ。あのへっぽこ冒険者の知り合いか。

どうりで偉そうだと思った。類は友を呼ぶというやつだな。偉そうな態度は感染するのだ。

ガキが歩くと、そこらに控えていた大人が数人ほど、ぞろぞろとガキの後ろについていった。

野次馬かと思っていたら……使用人っぽい？

どうも、あのガキは、相当なところのお坊ちゃんらしい。

だからあんなに偉そうだったのか。

まあ……。

なにはともあれ、Cマート近辺に笑顔が戻った。

俺は満足だった。

「マスター。よかったですねー。見つかって」

「お、おう……」

笑いかけてくるバカエルフに、俺はうなずいた。

そういえば、こいつのおかげだったたっけ……。

あのクソガキを見つけてきたのは、こいつだった。俺は見つけられなかった。

あと、そういえば、あのクソガキ。

どこかで顔を見たような気がしているのだが……。どこだったっけか？

まあいいか。

俺は考えるのをやめた。

あたりはすっかり暗くなってしまっていた。

俺はバカエルフと二人で、店の中に入った。

これから夕飯だ。今夜のバカエルフの日当は、一個——いいや、二個、増やしてやろう。

第16話　「また質屋へ」

五月の青空の下を俺は歩いていた。

青空といっても、異世界の空ではない。今日歩いているのは現代日本のほう。前に訪れたことのある〝質屋〟を、再び訪れるため、俺は現代の道をのんびりと歩いていた。

そろそろ仕入れのための金が底をついてきた。

チェーンソーが高い。あれがきいた。備品込みで一本四万円少々もするのだ。それが毎日一本は確実に売れて行く。

最初の砂金で得た二〇〇万円がそろそろなくなる。

向こうの貨幣はこちらでは換金しにくいのだが、向こうでは金貨と砂金は同重量で等価交換だ。金貨を二〇～三〇枚ほど砂金に替えて、それを持って、今日は俺は現実世界を訪れていた。

向こうの世界に慣れてしまっているせいか、アスファルトの舗装路が、なんかおかしく感じてしまう。

向こうの地面はだいたい土の地面。砂利道はむしろ気が利いているほう。石畳は街の中心部にすこしだけある程度。

店に入る。

例によってじいさんは、年代物のブラウン管のテレビを見上げていた。

「いらっしゃい」の一言もない。自分が店主となってみてわかったが、これは店主失格だろう。お客さんに対して「帰れ」と言っているに近い。

「帰れ」

じいさんはそう言った。

おお。本当に言われたよ。

「ミツキに聞いたぞ。おまえ――来いと言ったのに、来んかったじゃないか」

じいさんはそうも言った。

ツンデレかよ。

だが俺は異世界において、ツンデレおやじ――こいつはじいさんだが――の扱いかたを完璧にマスターしていた。

「どうせもういっぺんこの店に来るのは決まってたからな。そのときでいいと思ったんだ。俺が取引をするのは、この店だけと決めてる」

「ふ、ふん……。まあ砂金などいきなり持ちこんで買いあげるのは、うちくらいなもんだろうな」

「ああ。じいさんだけさ」

一般的にツンデレ頑固オヤジは、この殺し文句でイチコロだ。

じいさんは新聞をぐしゃぐしゃとやって、目の前で広げた。

わしは新聞読むのに忙しい。貴様の相手は、まあ仕方なくやってやる。べつに喜んでなどいないからなっ。

これはそういう意味だ。そういうツンデレ・ボディランゲージだ。

じいさんの後ろの居間では、女子高生――ミツキちゃんが、ぺこりとやって、ひらひらと指先を振ってくる。

俺も、ひらっと二本指を一往復だけ振って返す。

「今回も砂金か？　あと、このあいだの――」

「――追加で金を払うって話なら。なしだ」

ミツキちゃんから聞いていた話が出てきたので、俺はすかさず釘を刺した。

「俺はあのときグラム二〇〇〇で納得したし。じいさんとは長く取引を続けていきたいからな。せいぜい貸しにしておくさ」

「むぅ」

じいさんは唸った。口を「へ」の字に結ぶ。

「お孫さんに小遣いでもあげてやってくれ」

俺はそう言った。

じいさんの向こうで、ミツキちゃんが、ひらひらひらひらと指先を振ってくる。

こちらの女子高生ボディランゲージは……、いいぞ、もっとやれ？

「今回はまた砂金だ。あと……」

「グラム三〇〇〇だ。グラム三〇〇〇以下じゃ絶対に買わんぞ」

「じいさんの言い値でいいって言ったろ。あと――、ここって金以外も買ってくれるんだよな？」

「買うというより、質屋だからな。質草はなんでも扱っとるよ」

「質草？」

俺は首を傾げた。

「質に預ける品物のことですよ」

お盆を持ってやってきたミツキちゃんが説明してくれる。

おお。麦茶か。

ひさしぶりに飲む。ちょうど喉が渇いていた。

よく気がつく娘だった。

「質屋っていうのは、もともとは、物を預けてお金を借りる場所なんです。期限内にお金を返していただければ、品物はお返しします。でもそうじゃないときには、〝質流れ〟っていって、お金のかわりに預かっていた品物を頂きます」

「ああ。売っているのは、その〝しちながれ〟ってやつなのか」

俺は店内を見渡した。

ブラウン管のテレビ。ブランドのバッグ。腕時計。壺。銀の食器。ビンテージのジーンズ。携帯ゲーム機。なんの脈絡もなく品が並び、かなりカオスな状態。

これらはみんな、客が持ちこんだ〝質草〟というやつだったのか。

「でも最近は、質札を持って帰る人はあんまりいないですねえ。みんな普通に売りにきます。――ね、おじいちゃん」

「最近の若いもんは、物を大事にせんからな」

でた！　〝最近の若いもんは〟だ！　リアルではじめて耳にした！

すげえ！　じいさんすげえ！　すげえすげえ！

「砂金のほかに、なにか買い取る物はありますか？」

ミツキちゃんが言う。

「ああ。それなんだけど」

俺はカバンを開いた。油紙と新聞紙、それぞれにくるまれた品物を取り出す。

まず油紙のほうを開く。

片方は刃物。ドワーフの鍛冶師の作った包丁とかナイフとか。

あの鍛冶屋では、剣や盾や鎧なんかも打っているが、それはさすがに現代日本では用がないと思った。

「どうしたんですか？　これ？　銃刀法ぎりぎりですよ？」

「ん？　銃刀法？」

「日本じゃ、刃渡りの大きなナイフとかは、持ち歩いちゃいけないんです。これはギリギリですけど。あと、こっちは包丁……？　ならいいのかな？　おじいちゃん？」

「見せてみろ」

じいさんがナイフと包丁を受け取る。

「ふむ……。どこの誰が打ったのかしらんが……。凄いな」

「だろ？　だろ？」

俺は思わずうなずいた。ドワーフの親方が褒められたようで、俺も嬉しくなる。

「そっちは？」

「ああ。壺とか皿とか」

俺は新聞紙にくるまれたほうを開いた。

街の職人の作った焼き物だ。陶器とか磁器とか、俺にはよく区別が付かないのだが……。

なんとなく、柄とか質とか、使い心地とか、良いものなんじゃないかと思った。

じいさんなら鑑定できるだろうと思って持ってきたのだ。

「ほう？」

じいさんの目が、きらりと光った。

じいさんは、たっぷり十数分も、壺と皿をしげしげと見ていた。

「温かいお茶、淹れますか？」

ミツキちゃんが、麦茶のかわりに緑茶を淹れてくれる。

「これは良い物だ」

十数分も経って、じいさんは、ようやくそう言った。

「やっぱそうか」

「ナイフと包丁は三〇。壺と皿は五〇だな」

「ふうん。八〇円?」

ええっ?　そんなに安いの?

良い物だって、言ったじゃーん。言ったじゃーん。言ったじゃーん。

「八〇と言ったぞ?　八〇マンエンだ」

「はちじゅうううううう?」

俺はびっくりしていた。

「ミツキ――。北王子(きたおうじ)先生に電話しろ。見たこともない凄い壺が手に入ったと。あと海腹(かいばら)先生には、包丁のことをお伝えしろ」

「はーい」

呆気(あっけ)に取られて見ている俺に、じいさんは振り向いてきて――。

「――儲(もう)けは、わしが取るぞ?」

歯を剝(む)いてニヤっと笑って、そう言った。

どうやら俺は買い叩かれたみたいだった。刃物も焼き物も、まだまだ高く売れるらしい。

いや。まったくもって異存はない。

まさかそんなに高く売れるとは思ってもいなかった。

なにせ、向こうの世界における値段は――。包丁は銀貨一枚。ナイフは銅貨六枚。壺は銅貨五枚。皿は銅貨三枚。

向こうの貨幣の価値は、あいかわらず、よくわからないままだったが――。

ちなみに缶詰一個は、銅貨二枚だ。そしてバカエルフの日当は、缶詰が九個。

全部で日本円で一〜二万円になったらラッキー、くらいに考えていた。

焼き物職人のオヤジと、鍛冶師のオヤジには、うまく売れたら、その金で、それぞれ「お菓子」と「鉄くず」を買って帰る約束になっていたが――。

これは到底、持ちきれないのではなかろうか……？

五〇万円分のお菓子とか。三〇万円分の鉄くずだとか、どんだけだよ？

焼き物職人のところは子だくさんだから、お菓子がいくらあっても、すぐになくなってしまうのだろうが――。

「あと砂金もあるのか？」

「あ、ああ……」

俺は砂金の袋を取り出した。ずしりと重い。一キロぐらいはある。

袋ごとじいさんに渡す。

じいさんは計りもしないで――。

「三〇〇万だな」

ひゅう。

俺は口笛を吹いた。合計三八〇万円。すごい大金だ。

まあ。うち八〇万円は俺の金じゃないが。

「ミツキ」

「はぁい」

じいさんの声で、ミツキちゃんが金庫を開ける。

帯の付いている一万円札の束が、三つ、とん、とん、とん、と重ねられる。

「お金持ちですねー」

聞き覚えのあるミツキちゃんの言葉を聞きながら、俺はなんとなく、一回、相撲取り(すもうとり)がやるみたいに、拝んでから札束に手を伸ばした。

「聞いてもいいかね？　あんた――仕事は、なにをしてる？」

「んー？　交易……みたいな？」

「交易？」

「えーと。俺はこの金であれこれ買ってゆく。向こうでは品物を金(かね)……じゃなくて、金(きん)とか銀とかと交換する。俺は砂金を持って、この質屋に来る。そういう仕事だ」

「ふむ……」

「怪しい仕事じゃねえよ。みんな笑顔になる仕事だよ。ほれ。じいさん。笑え」

　ぶすっとしているじいさんに、俺は言ってやった。

「この顔は生まれつきだ」

「おじいちゃん。むっつりした顔で生まれてきたんですよー」

　俺は笑った。ミツキちゃんも笑った。じいさんだけが、むっつり、口を「へ」の字に結んでいた。

　質屋を出て、歩く。

　すぐに向こうの世界にリープしてもよかったのだが、ぶらぶらと、駅前に向かって歩いていった。

「――お金持ちさん」

「それはやめてくれよ」

　俺は笑いながら振り返った。

　あとをつけてくる人の気配に気づいてはいたが、それがミツキちゃんだというところまでは、気がつかなかった。

「あのですね。私。気になっていることがあるんですが――」

彼女は、口を開くと——。

第17話「申告してますか」

追いかけてきた女子高生と、近くの公園で話しこむことになった。

シーソーの向こうとこっちに座って、ぎったん、ばっこん。シーソーの支点は、中央でなくて、ひとつだけこちら側。

俺、なんで女子高生とシーソーやってんだろ?

女子高生の体重を尻の下で感じながら、俺は上に行ったり下に行ったりしていた。

「ミツキは、美しい津波の希望って書くんです」

「うん?」

女子高生はそう言った。

なんの話かと思えば、自分の名前の漢字の話だった。

なるほど。ミツキちゃんは、美津希ちゃんというのか。

「お金持ちさんのお名前は、なんていうんですか?」

「俺は……」

言いかけて、ちょっと考える。なんて名乗るべきか?

〝辞めた〟ときに名前も捨てた。——とか言えるとカッコいいのだが。なんか本名を名乗るのは違うかなと思った。向こうでは本名はぜんぜん使ってないわけだし。

あと、いいかげん名前を言わないと、いつまでも「お金持ちさん」と呼ばれ続けそうだ。

「あっちじゃ、賓人(まれびと)って呼ばれてる」

「あっち？」

「ん？　ああ。交易先な」

「なんか科学者みたいな名前ですね」

「は？」

「ね。ほら。マレビトさん」

「いや。意味わからんし」

美津希ちゃんの感性は、やはり、どこか不思議だ。

「ところで話したいことって？」

女子高生を上に持ちあげながら、俺はそう聞いた。

質屋を出て、帰ろうとしていた俺を呼び止めたのが、美津希ちゃんだった。

なにか気になっていることがあるとかないとか。

まさか名前じゃないだろう。

「ああそうです。そうです。じつはですねえ……」

美津希ちゃんはそう言うと、俺を上へと持ちあげてきた。

シーソーってなんか楽しい。女子高生が向こう側に座っているともっと楽しい。

「マレビトさん、申告って……してます？」

「ん？　申告？」

俺は考えた。

申告？　申告？　申告？　なんの申告だ？

「なにそれ？」

「ええと……。まさかとは思うんですけど。確定申告……してますよね？」

疑わしげな目になって、女子高生は言う。

「ん？　ん？　ん？」

俺は首をひねった。なんかそんなような用語。どっかで聞いたような……？

なんだっけ？

「税金の申告ですよ。ほら。確定申告」

「ああ。税金か。もちろん」

俺は答えた。

美津希ちゃんも、ほっとしたような顔になる。

「もちろん。——してないよ」

ほっとした顔から一変。美津希ちゃんは大声で怒鳴った。

「なんでですか！」

「うわっ、わわっ——」

その落差に俺は驚いて——思わず、シーソーから転げ落ちてしまった。

「マレビトさん。その交易のお仕事でけっこう黒字出してるはずですよね。無申告ですか？　ひょっとしてこれまでずっと無申告でいたりしました？　無申告だと大変ですよ。それって単なる申告漏れなんかより、いちばん罪が重たくなりますよ。無申告が見つかった場合、『一年以下の懲役または五〇万円以下の罰金』ですよ」

「えっ？　ええっ⁉　ええ――――っ⁉」

女子高生の口から、いきなり法律用語が飛び出してきて、俺はビビった。

そして慌てた。

なんか俺！　タイホとか！　そんなような話になってる！　なっちゃってるのっ⁉

「い、いや……、な、なんで？　な、なんで……、ちょ……、懲役っ？」

「もしかして……、まったく、知らなかったんですか？」

女子高生もシーソーを下りてくる。

地べたに尻餅をついている俺を、上から見下ろしにかかる。

「い、いや……、だって……、俺、悪いことしてないし……？　う、ウソだろ……おい？」

「ウソでもなんでもないですよ」

俺は地べたの上で慌てていた。無様に尻でにじって後じさる。すると女子高生は同じだけ前に出てくる。両者の距離は変わらない。

「うふふ……、なんだかちょっと楽しくなってきちゃいました」

薄く笑って、女子高生は、言う。

「――さっきの一年っていうのは、悪意と故意がなかった場合です。故意に税を免れる意思があった場合には、もっと重たくなって、『五年以下の懲役もしくは五〇〇万円以下の罰金、または、併科（へいか）』となります。つまり最長五年間も刑務所に入って、五〇〇万円も罰金を払う可能性があるということです」

「ひ、ひいい……、ちがう！　俺！　ちがう！　みんなの笑顔を見たくって！」

「マレビトさんが、その交易業をはじめたのって、いつなんですか？」

「ご、ゴールデンウィークに……入ったくらいでっ！」

「今年の？」

「そ、そう！　今年のっ！」

俺は叫んだ。

女子高生の顔が、急に柔和（にゅうわ）になった。優しくなった。

「ああっ……。よかった。それじゃあぜんぜん間に合いますよー」

「まにあうの……？」

俺はぼんやりと見上げた。美津希ちゃんの顔に戻った笑顔を、呆然（ぼうぜん）と見つめ返す。

「ええ。だって申告は年度末ですから。今年の売り上げを税務署に申告する期日は、来年の三月一五日までです。申告は一年分まとめてやるものですから、それまではべつに問題ないです

よ。無申告にもなりませんよ」

「そ、そうなの？」

「ああ、でも、開業届けは出しておかないと。これだって開業後二か月までは遅れてもオッケェですから、まだぜんぜん大丈夫ですよ」

「お、オッケェ……なの？」

「はい。そうです。安心してください。——はい。立って立って」

手を差し伸べられたので、俺はその手につかまった。女子高生の手はちょっと柔らかかった。

「汚れちゃいましたね。汚しちゃいましたね」

ぽんぽんとお尻をはたかれた。

俺は突っ立ったまま。ズボンをはたかれる。

「そんなに怖かったですか？　……うふふ。ごめんなさい。ちょっと面白くなっちゃって」

美津希ちゃんが目を細めて笑っている。

ああ本当にマジで——。ちょっぴりこわかった。

この娘——⁉

単なるのんびりさんの天然少女じゃなかった。Sっ気あった！　あとなんで単なる女子高生が、こんな法律用語とか税用語とかぽんぽん飛び出してくんの？

俺がそれを聞くと、美津希ちゃんは、ころころと笑いながら——。

「お店の帳簿つけてるの。いま。私なんですよー」

なるほど。

俺は深く深く理解した。これから師匠と呼ぶことにする。

◇

それから俺は、女子高生についてきてもらって、税務署に「開業届け」なるものを出しにいった。

個人事業。かつ交易業。とかいうことで開業届けを提出する。

白色申告ではなくて青色申告のほうがお得だということで、そっちにする。さらに複式簿記で貸借対照表を用いる特別控除コースとかにするほうがお得でお薦めと、女子高生マイスターが言うので、そっちを選択。

「他にもメリットは色々ありますよぅ。赤字の繰り越しとか。従業員の給料を控除できるとか。三〇万円未満の資産が減価償却にかけずに消耗品に計上できちゃうとか。これがけっこう便利なんですよねー。えへっ」

まったくわからん。なんかの呪文なのだと思うことにする。

「金の売却益は保有年数にもよるんですけど、五〇万円がまず控除されまして残りが課税対象額になります。物々交換は現状、消費税も事業税も非課税なんですけど、これはそのうち法改正あったら課税対象になるかもしれないので要注意です。あとアパートの家賃地代は、一部業務に使っていれば、案分可能かもですねー」

女子高生は高度な呪文を詠唱している。

魔法使いではない俺は、ふむふむ、そうか、と、うなずいて聞くばかり。

それからの俺は、毎週、決まった曜日の決まった時間、夕方に、女子高生とファミレスで「デート」をするはめになった。

帳簿をつき合わせて、その週の分を記入するのだ。

自慢じゃないが――。

女子高生マイスターにつきっきりでやってもらわないと、自分でできる自信は――。

まったくないなっ!

顧問料を払うと言ったのだが、美津希ちゃんは、じいさんからの増えたお小遣いでいいと言う。頑として受け取ってもらえない。さすがあのじいさんの孫。

あと毎週会うことが報酬とか言われたが……。こっちは、なんのことやら?

第18話「カミングアウト」

天気のよい、ある日のこと。

俺はいつものホームセンターを訪れていた。

特になにを目的としているわけでもないのだが、なにか向こうで人気商品となるべき物がないか、棚のあいだをのんびり歩きながら、まったりと無目的に探し物をしていた。

こちらでの売れセンと、向こうでの売れセンとは、まるで違う。まったく関係がないと言ってもいい。

よって、目立つところに陳列されている品物よりも、店の奥の方にひっそりと置かれている品物を中心に、見て回ることになる。

そうして、俺が秘境かつ、不人気地帯を歩き回っていると――。

「あっ。お金持ちさんだ」

聞き慣れた声が後ろからかかった。

俺は苦笑いを浮かべつつ――振り返った。

「それはやめてくれよ。――美津希ちゃん」

私服姿の女の子は、くすくすと楽しげに笑っている。

「今日はなにか探しものですか？　マレビトさん？」

美津希ちゃんはこのホームセンターのマイスターだ。どこになにがあるか、すべてを知っている。

「ああ。今日はべつに目当てがあるわけじゃないんだ。ただなんとなく。ぶらぶらっと。なにかいいもん、あるかなーって」

「じゃあ、私とおんなじですねー。私も。ぶらぶら〜っと。なにかいいものあるかな〜って。ただなんとなく」

そう言う彼女の手には、お米の袋が提（さ）がっている。五キロのそれは、女子高生の手には、少々、重たそうだ。

「持つよ」

俺は手を伸ばした。四の五の言うまえに、さっさと奪い取る。

「ありがとうございます」

女子高生はお礼だけを口にした。「いいです」「持つよ」「いいですって」「持つよ」──とか、意味のない譲（ゆず）り合いをしなくて済んだ。

二人並んで、店内を歩く。

「マレビトさんは、どういったものを探してたんですか?」

「本当に特にこれといっては……。向こうで売れそうなものは、なにかないかなーって」

「ああ。商売のほうの……」

美津希ちゃんは曖昧（あいまい）にうなずいた。税制面や開業届けのこととかで、彼女には世話になっている。

「交易関係みたいな——って、そう聞いてますけど。"みたい"って、どんな感じなんですか?」

「え?　ええと。まあ……、そうだな……。ええっと……」

「〝むこう〟と取引しているんですよね。砂金払いで代金を頂いて。そしてこっちで品物を買いつけて。それで貿易しているわけですよね。——その〝むこう〟って、どこなんですか?」

「え?　ええっと。まあ、その……、つまり……」

ズバズバっと切り込まれて、俺はうろたえまくっていた。

べつに隠しているわけではないのだが……。言っても信じてもらえないだろうと思ったから、詳しく説明していなかった。

交易先は〝異世界〟だとか——誰が信じてくれるだろうか。

「あ。もしかして、私、言いにくいところ聞いちゃいましたか?」

「いや。そういうわけでもないんだけど……」

「じゃ。聞くのやめます。わるいことしているんじゃなければ、べつにいいですよ。……ですよね?」

「あ。ああ。うん。もちろん。ぜんぜんわるいことじゃないよ」

俺はそう請け合った。

わるいこと……ではないはずだ。

荷物を運んで適正価格で販売して、皆を笑顔にする仕事だ。わるいはずがない。

そりゃまあ……。

〝申告〟とかのことは、たしかに知らなくて……。そのままでいたら〝脱税〟とかになって、罰金だったり、逮捕されたりするようなわるいことだったらしいが……。

そっち方面は、美津希ちゃんのおかげで、しっかりやれているわけだし……。

美津希ちゃんは前を歩いてゆく。いまのやりとりは全然気にしていなさそうだ。

ハミングなんかしてて上機嫌っぽい。だが、前をゆく彼女の、その顔は見ることができない。

俺は良心の呵責（かしゃく）を感じた。こんないい娘に隠しごとをしているなんて、ひどい男だった。

だいたい秘密にしておかなければならない理由も、隠さねばならない理由も、なにもないはずだ。ただ、信じてもらえるかどうかだけが、問題となっているだけで――。

……と。

俺は、ふと、気がついた。

信じてもらえるかどうかは、俺の問題じゃなかった。美津希ちゃんの側の問題だった。

美津希ちゃんが信じるかどうかであって、それは、俺があれこれ悩んでもしかたのないことだ。

俺がどれだけ悩もうが、あるいはぜんぜん悩まないでいようが、美津希ちゃんが信じるかどうか、その結果が変わることはない。

だったら……。

俺は悩まないことに決めた。

そしたら、すうっと心が軽くなった。

まるで、ずっと昔——っていうか、じつはそんな昔でもないのだけど。〝辞める〟ことを決めたときみたいに、心が楽になった。

「まった」

前を歩く美津希ちゃんの手を——つかまえる。

立ち止まって、彼女は、振り返ってきた。

ふんわりゆるふわ黒髪が遠心力で一瞬だけ広がって——肩に戻ってくる。

そして俺は——彼女に言った。

「じつは異世界なんだ」

「はい？」

美津希ちゃんは、きょとんと、首を傾げる。

「イセカイって、どこの国です？　中東？　南米？　ヨーロッパ……にはないですよね？　イセカイ」

「外国じゃなくて。だから異世界。異なるセカイって書くほうの、異世界」

「ええと。それはいわゆる、マンガとかゲームとかの感じの？　エルフさんとかいたりする？」

「ああ。うん。そう。うちの店員はエルフ。馬鹿なエルフ。略してバカエルフ」

「えっと……？」

美津希ちゃんは目をぱちくり。

美津希ちゃんって二重まぶたなんだ。——じゃなくてっ。

美津希ちゃんは、その綺麗な顔に、信じられないという表情を浮かべている。通路のどまんなかで立ち尽くしている。

そろそろ通行の邪魔になってきた。オバハンがガン付けして横を通ってゆく。

こんな場所で、立ち話でするような話でもなかった。

どこか落ち着ける場所に移動したほうがいいだろうか。そういえば通りの向かいにファミレスがあったっけ。ちょうどいいかな。

しかし美津希ちゃんは、まだ立ち尽くしている。

相当ショックだったらしい。

冗談を言ったと思われただろうか。美津希ちゃんを騙そうとしているとか？

ああそうか。真面目に答える気がないんだと思われる可能性が、いちばん高いわけだ。

まいったな。

本当なんだけど。

まあ実際にあちらの世界に迷いこんだ俺でさえ、理解して納得するまでに、何十分もかかったのだ。

話を聞かされたくらいで、あっさり信じられるわけは――。

「すごいです！」

信じたー!?

「え？　ほんとに……しんじてくれた？」

俺は美津希ちゃんをまじまじと見つめ返した。

「信じますよ！」

美津希ちゃんは、目をキラキラとさせて、両手を顎の下でぎゅっと握りしめて、ちいさな拳を二つほど作り――。俺に顔を思いっきり近づけてきた。

「すごいです！　すごいです！　すごいです！」

息がかかるほどの近距離で、何度もまくしたてる。

女子高生の息はミントの香りがした。

「ぜひ！　話聞かせてください！　通りの向かいにファミレスあります！　スイーツ安くておいしいんです！　私知ってます！　さあ――行きましょう！　レッツのゴーです！」

手をしっかりと握られて、俺は連行されていった。

ちょっとこれは、もうどうにも、逃がしてもらえそうにない。

質屋の孫娘。

店主のことを「お金持ちさん」と呼ぶお茶目な女子高生。

しっかり者で広範な知識を持つスーパー女子高生。

自営業の開業届から確定申告まで、

財務の面倒をみてくれている。

第19話　「行きたいなー」

店に入って飲み物を頼んだ。

そこはドリンクバーのないファミレスで、ウエイトレスの女の子が注文を取りにやって来て、戻っていって――。飲み物を持って、またやって来て、お盆だけ持って引きあげていって――。

――と。

そのあいだ、気まずい無言の時間が流れていた。

美津希ちゃんの発する迫力たるや、「美津希様」を通り超えて、「美津希大明神」ほどとなっていた。

にこにこ笑顔で向かいの席に座っているのだが、その後ろには、「ごごごごご」と効果音をともなって、背景効果が発生していた。あきらかに。

ウエイトレスの女の子のお尻が角を曲がっていった瞬間――。

美津希ちゃんは、がばっと身を乗り出してきた。

「さあ！ 話してください！」

テーブル越しに襟首を掴まれるんじゃないかと、まじで思った。そのくらい美津希ちゃんの鼻息は荒かった。

「どう、どう。――話す。話すから。そんなにエキサイトしないでくれって」

「え？ やだ私。興奮しちゃってました？ ……いましたよね？ いやだ……もう。すーはー。すーはー」

美津希ちゃんは、自分の髪を撫でつけつつ、深呼吸を繰り返した。

ストローで、アイスティーを、ちゅうう、と吸いたてる。

「……はい。もうだいじょうぶです。こわくないです」

ふつうの美津希ちゃんに戻った。

ぶっちゃけ、さっきまではちょっと怖かった。手を離してもらえなかった。ファミレスに引きずり込まれた。

「マレビトさんがいけないんですよ。異世界に行ってるとか、おもしろいこと言うから」

そうか。俺がいけなかったのか。あと異世界はおもしろいのか。

「さ。話してください」

「期待されても、そんなたいした話はできないんだよなー。俺。ひょんなことからあっちに迷いこんで、店、開くことになっただけだから。観光とかまったくしてないし。街の中の狭いところしか見てないから」

「エルフさんっ。エルフさんっ。エルフさんはっ?」

握った手を上げ下げして、美津希ちゃんは聞く。

「ああ。いるみたいだぞ。うちの店員がエルフだぞ。肉食だけど」

「ドワーフさんっ。ドワーフさんっ。ドワーフさんはっ?」

「それもいるっぽいな。鍛冶師の親方がツンデレで、たしかそのドワーフだ」

「モンスターとかドラゴンとかっ。剣と魔法とかっ。血と肉と鋼とかっ。――そうですよそう。ダンジョンとか迷宮とか冒険者とかっ！　灰と青春とかっ‼」

美津希ちゃんはまたエキサイトしてきた。

どうも美津希ちゃんは異世界のイメージを、ゲームとかアニメとかのそれと混同してしまっているようだ。

〝現実〟の異世界っていうのは、もっとこう、ちがうものなのだ。

冒険の毎日とかでは――けっしてない。

俺は顎先をなでまわしながら、説明をはじめた。

「冒険者はいたぞー。店にきたなー。チェーンソー売りつけてやったっけー。あと魔法ってのは、見たような見ていないような。あっちには、いちおう、そーゆーのは、あるらしいんだけど。そんなの一介の店主にはあんまり縁がないっつーか。血沸き肉躍る冒険とかも、もちろん、なしで。あっちの生活は、まったりしたもんだよ。目覚まし時計もない生活で、ガキどもに飴くばるのが日課で、缶詰開けて朝飯食って。午前中に何人。午後にも何人。客の数を数えながら、夕暮れになったら店閉めて夕飯を食って、星空見ながら寝る毎日だよ」

「そっか……。うちもお店ですけど。質屋ですけど。おじいちゃんにご飯食べさせて、お店開けて、ガッコ行って、買い物して帰ったら、おじいちゃんにまたご飯食べさせて、帳簿つけて宿題してお風呂入って髪をとかして寝るっていう毎日です」

店をやっている者同士。なにかシンパシーで通じ合う。

「それでたまにマレビトさんがやって来てくれます。たまにしかやって来てくれません」

にこっとやって、ぐさっとやられる。

俺はどういう顔を浮かべればいいのか困っていた。

ああそうか。美津希ちゃんの繰り返しの日常のなかに、ぽっと現れた非日常だったわけか。

俺は。

「どうやって異世界に行くんですか？」

「うーん。なんとなく」

「それじゃ答えになってませんよう」

「いやほんと。考えると行けなくなっちゃうんだよ。考えないで歩いていると、着くんだ」

「え？　歩いて行くんですか？　秘密の通路を通っていったり、特別な乗り物に乗ったり、不思議な生き物に運ばれていったりするんじゃなくて？」

「ああ。秘密も特別も不思議もなしだ。ただ。てくてくと歩くだけ。ひょいと曲がって、歩いてゆくと、着くんだよ。すべての道は異世界に続く――ってな」

俺！　いまいいこと言ったー!?

「じゃあ……、私でも……、行けるんでしょうか？」

スルーされた!?

「あっ。いまの、〝すべての道はローマに通ず〟のもじりですね。うまいですね。ラ・フォンテーヌですね」

フォローされた⁉　いたわられた⁉　原典紹介された⁉

やっぱり美津希ちゃんは美津希ちゃんだった。スーパー女子高生だった。

俺はショックを押し隠すのに精一杯だった。……ちがった。美津希ちゃんの言った言葉の意味を考えていた。

「……行けるんじゃないかな？」

「え？」

アイスティーを吸っていた美津希ちゃんの動きが、ぴくっと固まった。

「まさか」

「いや。歩いてゆくだけだし。できるかもしんないし」

自分以外の物体を向こうに持っていけるかどうか、実験してみたことはない。

いつも使っているのは登山用の大きな背嚢（バックパック）だ。ころころカートだとか、あるいはリヤカーだとか、自分自身の体以外に、どれだけ向こうに持ち込むことができるのだろうか。

たとえば人間一人、連れていくことは可能だろうか。

これまで特に必要としていなかったので、試したことはなかったものの、いまがそのちょうどいい機会なわけだ。

「じゃあ行くか。――あ。飲んでからでいいよ」

「いきます。いきます。飲みます。飲みます。――飲みましたぁ！」

ずごっと一息のもとにアイスティーを吸い殺して、美津希ちゃんはソファーからお尻を浮かせた。

第20話　「いざ異世界へ」

てくてく。てくてく。

女子高生と歩く。

てくてく。てくてく。

向かう先を定めずに、気の向くままに歩く。

てくてく。てくてく。

美津希（みつき）ちゃんと一緒に歩きつづけながら、俺が、なにを考えているのかといえば——。

なんで俺、女子高生と手を繋（つな）いで歩いてんの!?

俺のやや斜め後ろをついてくる美津希ちゃんは、俺の手を、しっかりと握ってきている。

身に着けている物なら向こうに持っていける——と説明したら、「じゃあ」と言って、手をしっかりと握られてしまった。「私も身に着けてもらわないと」——などと言っちゃって、それ以来、一度も手を離してもらえていない。

女子高生の細い指先が、俺の指にしっかりと巻きついている。

なんでか、小指と薬指だけを握ってくる。その二本の指だけが、ちょっぴり痛い。ずっと握り合って歩いているので、ちょっと汗ばんだ肌と肌とが、張りついちゃってしまっている。

だからなんで俺、指張りつけて歩いてんの!?　女子高生とっ!?

「マレビトさん」

「はいっ」

「重たくないですか？」

「いいやぜんぜん。美津希ちゃんは重たくなんてないよ」

「いえ私じゃなくて……。その袋。お米」

「え？　ああっ、そっちね」

「どっちだと思ったんですか」

美津希ちゃんの買い物の袋を持ったままだった。五キロの米だ。言われてみれば、たしかに、スーパーの袋は、持ち手のところが伸びきって紐みたいになっていて、指に食いこんで、だいぶ痛い。でもそんなことを感じないくらいに、俺は緊張しまくっていた。

「なかなか、行けませんねー」

「ああ。うん」

「ふいっ、って、角を曲がると、行けちゃうんですよね？」

「ああ。うん」

「ふいっ」

手が引かれる。これまでついてくるばかりだった美津希ちゃんが、自分で角を曲がった。俺は引っぱられるようにして、それについてゆく。

「ふいっ。ふいっ」

美津希ちゃんは、また角を曲がる。

「いや。口で言っても。たぶんそれ。だめだから」

俺は手を引かれながらそう言った。

「ううん……。なにかコツはないんでしょうか？」

「そうだなぁ。頭をからっぽにして、空を見上げながら、何気なく曲がるんだよな。曲がろうと思って曲がるんじゃなくて、曲がったことに気がつかないぐらいの感じで、ふいっと——」

「——ふいっと。ですね。ふいっ」

「だから言ってもだめだって」

俺は笑った。

「からっぽ、からっぽ、からっぽ……」

美津希ちゃんはまた口で言っている。あれじゃたぶん、からっぽには、ならないなぁ。

かくいう俺も、女子高生と手を繋いでいるかぎり、頭をからっぽにするのは、無理そうなんだけど……。

◇

ここだ。ふいっ。だめだった。

いまだ。ふいっ。だめだった。

こんどこそ。ふいっ。だめだった。

俺はだんだんと焦りはじめた。

◇

かあー、かあー、かあー、と、カラスが群れを作って頭上を飛び越えて行く。

オレンジ色に染まる西の空に向かって、俺たちは、てくてく、てくてく、てくてく――と、ただひたすらに歩きつづけていた。

すっかりひらけた川沿いの道。まっすぐどこまでも続いている道。

二人で手を繋いで、てくてく歩いて、「何も考えない」を実践（じっせん）していった結果、こうなってしまった。「ああこっちに行ったら曲がり角なんてないな」と考えること自体、考えていることになるわけで、だから考えないようにしなければ――って！　だから「考えない」って考えてるじゃんよ！　いま‼

――とかいうことをやりながら、歩きつづけた結果……。こんなことになってしまった。

曲がれる角なんて、もう、どこにもありゃしない。

「夕方になっちゃいましたねー」

遠くに視線を向けながら、美津希ちゃんがつぶやく。

夕陽は地平線の下に潜りこもうとしていた。

半分ぐらいになって、平べったく輝いて、ゆらゆらとオレンジ色に揺れている。

「いやー……、そのー……、ごめん」

「どうして謝るんですか？」

しょぼくれた俺の声と比べて、返ってきた美津希ちゃんの声は、意外にも明るく弾んだものだった。

「いや……。だって……。連れていけなかったし……」

「ああ。いえ。いいんですよー。私も突然言い出したわけですし」

「俺が嘘ついてたって、思ったんじゃないのか？」

異世界があるということを——。

俺は美津希ちゃんに対して、証明することができなかった。

当然、彼女は思ったはずだ。

なにコイツ？　やっぱウソだったじゃん。マジムカツク。チョベリバー。——くらいに思っているはずだ！

いまどきの女子高生であるならばッ！

「ぜんぜん、信じてますからー」

「ああそうだよな。ぜんぜん、信じられやしないよな。……って、えっ？」

俺はまじまじと見つめた。

間近にある女子高生の顔は、夕陽を受けて、オレンジ色に輝いている。

「ええと……？」

「はい」

彼女はうなずいて返す。

俺はどうも自分の耳が信用ならなくて、もういっぺん聞いてみることにした。

こんどは確実を期すために、違う言葉で——。もういちど——。

「いえす、うぃー、きゃん？」

「なんでいきなり英語ですか。あとそれ、〝我々はできる〟——って意味になっちゃいますけど。いまの場合だったら、〝Do you really believe me?〟とかになるんじゃないですか」

「ど、どー、どー、ゆ、ゆー、り、りありー？」

言われた通りに繰り返そうとしてみたが、ちょっと聞き取れなかった。だから英語は苦手なんだって！

「ぱ、ぱ……、ぱ……、ぱーどん？」

これだけは知ってる。わかんなかったときに言う呪文。

「イエス、アイ、ビリーブ」

美津希ちゃんは、にっこりと微笑んで、うなずいてきた。意味はわかんなくても、意味はわかった。

「なんで信じてくれるわけ」

「そりゃ信じているからです」

「答えになってないよ。じゃ、じゃあ——とにかく、謝らせてくれ。連れていけなくてごめん」

「そっちのほうもいいですって。一緒に歩いていただけでも……、その、楽しかったですし」

美津希ちゃんは、うつむき気味になって、そう言った。

きゅっと指先に力がこもる。

細い指がまだしっかりと絡みついてきていることを——俺はそのときになって、激しく意識した。

だからなんで俺！　女子高生と手えつないでるの！

俺は慌てて——失礼にならない程度の最大戦速にて、手を離した。ずいぶん長いこと触れあっていた肌は、まじで張りついていて、ぴりってゆった！　ぴりって！　いまっ！

美津希ちゃんは、さっきまで俺と握りあっていた手を口元に移した。

「つぎの時には、連れていってくださいね？」

黒目がちの大きな目で、じっと見てくる。

「ああ。うん。……きっと」

俺はそう答えた。約束した。

恥ずかしながら、俺はこのとき本当に——。美津希ちゃんが信じてくれていたことを確信できたのだった。

何の根拠も証拠もなしに、よく信じられるもんだなー。

女子高生すげえ。

あとがき

この『異世界Cマート繁盛記』という作品には、僕自身も救われたという経緯があります。

本作品の主人公である「店主」は、物語の始まる以前——。なにか物凄いストレス下にありました——。

そして、なにかを〝辞める〟ことで、異世界へと迷いこむ能力を得ます。

当時の僕。Cマートを書きはじめる当時の新木伸も、ちょうど店主と同じように、物凄いストレス下にありました。

〝ああ辞めよう〟と、そう思ったとき——。

店主と同じように、心が青空のもとにあることに気づきました。

そうして自由な心で——ふいっと角を曲がって、さまよいこんでいった先が、異世界ならぬ「小説家になろう」という場所だったわけです。

その異世界において、僕は、並々ならぬ親切を受けとりました。

ちょうど店主がオバちゃんにご馳走になったり、商人さんに色々教えてもらったりしたのと同じように、無償の厚意を、色々な方々から、たくさんいただきました。

「小説家になろう」で出来た仲間は、皆、気のいい人たちばかりなのですよー。

そのあたりの体験が、店主と見事にシンクロしまして――。

作者が実体験してきた「本物のＷＩＮ‐ＷＩＮ社会」として、このＣマートのあちこちに息づいています。

あ。そうだ。説明が遅れました。

本作品の経緯を、まずご説明させていただきます。

この『異世界Ｃマート繁盛記』という作品は、もともと、「小説家になろう」というＷＥＢ上の小説投稿サイトにおいて連載されていた作品です。二〇一五年の五月一日より同タイトルにて連載されています。

書籍化するにあたり、若干の手直しや、加筆修正はしていますが、基本的には、連載時のままです。ライブ感重視となっています。

ユーザーの皆様に支えていただいたおかげで、人気連載となりまして、こうして書籍化することができました。

なにしろ連載をはじめた経緯は、上に書いた通りでして——。自分自身が、とても苦しいときに、潰れないでいるために小説を書く。なぜなら自分は小説家だから。——ということで連載していたものでした。

本にしようとか、本にできるかとか、考えている場合ではありませんでした。

プロ作家が無料サイトで小説を連載することの是非（ぜひ）は、あちこちで議論されています。「宣伝活動で利用しているのはけしからん」という、厳しいご意見なども頂きます。

しかし現実は、プロ作家であっても、一人の小説書きであり、小説を書いていなければ死んでしまう種類のイキモノなのです。

そんなイキモノが、作家生命断絶の危機（大袈裟（おおげさ）ではありますが）と戦うために、作品を掲載する機会と場所とを与えてもらえました。感謝の念が尽きません。

僕には「小説家になろう」という場所が、この作品における「異世界」のように思えてなりません。温かくて、親切な人ばかりで、誰も不幸にならず、読み手も書き手も、誰もがＷＩＮ

－ＷＩＮになれる可能性を秘めた、素晴らしい世界です。現実世界のように、誰かに損をさせることで、自分が得をする世界とは、仕組みからして違っています。

店主が「皆の笑顔を守るためならなんでもしよう」と思っているのと同じように、僕も、皆で笑顔になりたいと思っています。

最後となりますが。「小説家になろう」の作品群や、著者ページ、Ｃマートのアンケートページへの二次元バーコードはこちらです。

『異世界Ｃマート繁盛記』１巻アンケート　↓

http://www.araki-shin.com/araki/cmart1.htm

「小説家になろう」新木伸の著者ページ　↓

http://mypage.syosetu.com/605697/

ご来店
ありがとうございます～

ダッシュエックス文庫

異世界Cマート繁盛記

新木 伸

2015年12月27日　第1刷発行

★定価はカバーに表示してあります

発行者　鈴木晴彦
発行所　株式会社　集英社
〒101−8050　東京都千代田区一ツ橋2−5−10
03(3230)6229(編集)
03(3230)6393(販売／書店専用) 03(3230)6080(読者係)
印刷所　大日本印刷株式会社

ISBN978-4-08-631091-8 C0193

シリーズ累計
15万部突破!!!
超ヒットファンタジーコメディ★

元勇者、学校に行く!?

英雄教室

新木 伸　イラスト：森沢晴行

勇者を育成する学校に、
ホンモノの元勇者が転入!?
やることなすこと"超生物"な 勇者が
巻き起こす規格外コメディ★

①〜③巻大好評発売中!!

④巻は2016年1月22日(金)発売予定!!